I0685055

- Chronique d'un Saint Exorciste -

LA MARQUE DES CINQ

DANA B. CHALYS
NUMÉRO ÉDITEUR : 978-2-9542429
http://danabchalys.weebly.com

Illustration de couverture : Sedenta Kernan
ISBN : 978-2-9542429-9-6

DANA B. CHALYS

~ Chroniques d'un Saint Exorciste ~

LA MARQUE DES CINQ

Ceci est une fiction. Toute ressemblance avec des personnes existantes ou ayant existé serait tout à fait fortuite.
De même, les discours, les actes et les idéologies rattachés aux différents protagonistes ou institutions religieuses cités ne sauraient être qualifiés de réels et pris comme tels car relevant uniquement de l'imagination de l'auteur.

CHAPITRE 1

Nathan – Saint Exorciste
Chevalier de l'ordre de Saint-Jean de Jérusalem

L'escalier en bois craquait sous le poids du maître de maison. L'homme qui me précédait, grand et sec, était blême, transpirant et puait la peur à plein nez. Plongée dans la pénombre malgré le grand jour, sa demeure lugubre sentait le renfermé. La vieille tapisserie florale sur les murs et la couche de poussière sur la rambarde rendaient l'atmosphère oppressante. La plainte des marches à chacun de nos pas résonnait comme un grincement sépulcral, un cri d'agonie d'une âme à la dérive déchirée entre non-vie et mort.

Pourtant, la bâtisse n'était pas la raison de ma nervosité.

Le propriétaire des lieux, qui répondait au nom de Gaston Guérin, faisait appel aux services d'un exorciste car sa fille, Laëtitia, était selon ses dires possédée par un démon. J'avais vu tellement d'illuminés au cours de mes vingt-six ans d'existence que j'avais accordé peu de foi à son témoignage contradictoire disant qu'elle parlait une langue étrange sans avoir prononcé un mot depuis des jours. J'avais eu affaire au premier cas, plus rarement au deuxième, mais jamais aux deux en même temps, ce qui m'avait rendu plus suspicieux vis-à-vis du père que de l'enfant.

L'épais bracelet en argent à mon poignet droit vibra. Sur sa surface lisse et unie, des runes de feu luisirent une fraction de seconde avant de disparaître.

Ça n'annonçait rien de bon.

Au premier étage, aussi sombre que le reste de l'endroit, Gaston me conduisit jusqu'à la dernière porte du couloir d'où émanait une aura absolument malsaine.

Cette fois-ci, plus de doute possible. L'homme avait dit vrai.

Gaston leva un regard vide vers moi. Ses traits tirés à l'extrême trahissaient sa grande fatigue.

– C'est là, me dit-il d'une voix atone. Vous voulez que je vienne ?

– Non, je préfère être seul.

Du soulagement passa dans ses yeux, à juste titre. Un exorcisme n'avait rien d'un jeu, c'était violent. Gaston hocha la tête et se décala. À l'instant où je touchais la poignée, un frisson d'effroi remonta le long de mon bras. Derrière le battant clos, des voix geignaient en réponse à un orateur infernal. Une insidieuse chaleur réchauffa mon poignet droit : le mal attirait le mal. Au moins y en avait-il un de content…

Je baissai la poignée. Gaston arrêta mon geste.

– Faites attention, frère Nathan. Elle est dangereuse.

Devais-je l'informer que mon rattachement à un ordre catholique ne faisait pas forcément de moi un frère ?

– Vous l'avez sanglée comme je l'ai demandé ? questionnai-je plutôt.

– Oui.

– Alors ça ira. Attendez au salon et ouvrez tous les rideaux.

Gaston hocha une nouvelle fois la tête avant de s'éloigner. Je pris une profonde inspiration puis entrai dans la chambre.

La première chose qui me frappa ne fut pas l'adolescente frêle attachée au sommier de son lit, mais le silence implacable qui m'accueillit. Plus de voix ni d'orateur dans la pénombre de la pièce. Pas de grincement du parquet quand je déplaçai mon mètre quatre-vingt-cinq et mes quatre-vingt-deux kilos rompus à l'entraînement des Chevaliers exorcistes. Pas une seule respiration ni un souffle. Pas de chant d'oiseaux ni de murmures urbains alors même qu'on était en plein Toulouse. Rien que mon cœur cognant dans ma poitrine et les vibrations de joie de mon bracelet. Je lui accordai une brève attention en pensant que je ne lui ferai pas le plaisir de mourir aujourd'hui. Il dut m'entendre car il se rendormit aussi sec.

J'approchai du lit. Laëtitia était une adolescente de seize ans sans rien de particulier sinon un teint maladif et des cernes sous ses yeux clos. Du sang avait séché à la commissure de ses lèvres gercées.

Hanté par la folie du démon, le possédé se mordait parfois l'intérieur des joues. J'en étais encore à me demander pourquoi, d'ailleurs.

Sans vraiment m'attarder sur la question, je tâtai les poches de mon manteau. Merde, j'avais oublié ma *crucem nomine* avec laquelle je pouvais deviner le nom d'un démon pour le renvoyer au Diable. Pas le choix, je devrai me débrouiller autrement.

– Tu me donnes ton nom qu'on en finisse maintenant ? demandai-je, certain que la gamine ne dormait pas.

Elle ouvrit ses yeux rouges et me cracha son sang au visage. La coopération serait pour un autre jour... Dommage. S'il me l'avait donné, l'histoire aurait été réglée en deux phrases. À défaut, je devrai me farcir une prière d'exorcisme de l'Église.

J'essuyai le sang sur ma joue de ma paume gauche afin de recouvrir la croix renversée qui y était tatouée. La possédée accusa mon regard noir dans un sourire ensanglanté.

– *Madaro Satanas*, psalmodia-t-elle sans que sa bouche ne bouge.

Parler sans prononcer un mot, hein ? Voilà qui expliquait le discours de Gaston. Les voix montèrent soudain le long des murs, réveillant les Ombres qui se murent. Les portes de l'imposante armoire en chêne posée dans un coin de la pièce s'ouvrirent en grinçant. L'adolescente me fixait, les traits déformés par la haine. Elle tira sur ses liens pour se soustraire à leur prise mais leur résistance l'enragea. Elle tira plus fort en grognant.

— *Outh ma padre !*

Après le frère, le père. Même les démons mineurs s'emmêlaient les pinceaux. Pas étonnant quand on savait que l'Église reniait officiellement l'existence de ses Chevaliers.

Sans répondre à l'injonction m'exhortant de libérer Laëtitia, j'avançai en me frottant les mains. C'était parti !

— Je te conjure, Satan, ennemi du salut des Hommes.

— *Madaro Satanas !*

— Reconnais la justice et la bonté de Dieu le Père qui, par Son juste jugement, a condamné ton orgueil et ton envie.

Quand je me penchai pour la toucher, Laëtitia se tordit dans tous les sens, espérant vainement me tenir loin d'elle. Malgré son agitation, je parvins à poser ma main droite sur son ventre.

Elle aurait mordu ma gauche si je n'avais pas esquivé. Je la posai sur son front puis plaquai la gamine contre son matelas.

— Quitte cette servante de Dieu, Laëtitia. Le Seigneur l'a faite à son image, l'a parée de ses dons et, par miséricorde, l'a adoptée comme sa fille.

De la fumée s'échappait sous mes mains tandis que mes talismans lui brûlaient la peau. Une odeur de chair carbonisée envahit mes narines. Le hurlement dément de Laëtitia me vrilla les tympans.

— *Madaro Satanas* ! hurla-t-elle, l'écume aux lèvres. *Madaro Satanas ! Madaro Satanaaaaaaaaas !*

— Ta gueule, maugréai-je, agacé, tandis que je tentais de me concentrer pour empêcher le démon de rentrer en moi.

Elle hurla de plus belle. Je continuai de débiter mon monologue appris par cœur tandis que l'entrée de service de l'Enfer s'ouvrirait bientôt sous mes pieds.

Les portes de l'armoire claquaient. Les Ombres m'encerclaient et noircissaient le parquet, sous le lit, là où leurs visages torturés apparurent en relief sur les lattes.

Ma sueur goutta sur l'adolescente. La chaleur se faisait étouffante au fur et à mesure que le sol s'embrasait. Des hurlements s'élevèrent brutalement, venus d'une dimension où l'horreur était leur seule réalité.

— Retire-toi... par la foi et la prière de l'Église, continuai-je avec peine.

La chaleur asséchait ma gorge. Parler devenait douloureux. Un vent puissant venu de nulle part mit tous les meubles à terre dans un fracas terrible.

— Retire-toi... par le signe de la sainte Croix... de notre Seigneur Jésus Christ... qui vit... et règne pour les siècles des siècles.

Des bras interminables passèrent l'entrebâillement de l'Enfer pour saisir mes chevilles. Il ne me restait qu'un seul mot à prononcer si je ne voulais pas me damner.

– Amen, soufflai-je, ahanant.

Les bras me lâchèrent quand ils furent aspirés par la demeure de Satan. Avant que les portes ne se referment sur eux, ils arrachèrent le démon du corps de Laëtitia et l'emportèrent dans leur chute. Le vent tomba. Je me rejetai en arrière, le cœur battant la chamade et le souffle court.

Les rideaux étaient à présent grands ouverts sur une chambre parfaitement rangée et plutôt coquette. Un soupir de soulagement passa les lèvres de Laëtitia plongée dans un sommeil réparateur mérité.

Je pris un instant pour respirer. Le choc en retour n'allait pas tarder, j'avais déjà des fourmis dans les mains. Paumes vers le ciel, j'observais les croix opposées qui me mordaient la chair comme si une lame affûtée en suivait tous les traits. Je laissai échapper une plainte sourde face à la souffrance. Cette dernière se répandit doucement le long de mes bras, remonta jusqu'à ma tête. Là, la douleur explosa et me mit à genoux. Je serrai la mâchoire à en grincer des dents pour éviter de hurler à la mort tandis que le mal harcelait chaque morceau de mon corps.

Et quand il devint insupportable, je le vomis dans une gerbe de sang.

Je sentis un poids énorme s'enlever de mes épaules tremblantes. Pour mon bracelet, c'était l'heure du repas. Il devint si lourd que mon bras, semblable à du plomb, tomba dans la flaque purpurine. Les symboles sur l'argent crépitèrent pendant que mon compagnon aspirait tout mon sang. Quand il n'en resta plus une goutte sur le sol, il retrouva son poids normal et je pus me relever.

J'attendis que mon palpitant retrouve un rythme normal avant de détacher les membres entravés de l'adolescente. Elle n'avait aucune marque et ne se souviendrait de rien. La grâce de Dieu avait cela de beau qu'elle effaçait toute trace de douleur, aussi bien physique que psychologique.

On toqua à la porte. Je la fixai en invitant le visiteur à entrer. Lorsque Gaston vit sa fille paisible, la joie se disputa à une certaine angoisse.

– C'est fini, confirmai-je pour chasser ses doutes. Elle va dormir jusqu'à demain, il ne faudra pas vous inquiéter.

Je vis des larmes rouler sur ses joues creusées. Il s'avança, la main tendue devant lui. J'esquissai en la lui serrant l'ombre d'une grimace du fait de mes mains meurtries.

– Je ne sais pas comment vous remercier. Je vous dois quelque chose ?

– En aucun cas.

– Mais…

– Au revoir, monsieur Guérin.

Je n'étais pas d'humeur à l'écouter déverser son bonheur. J'avais fait mon boulot, point final. Je n'avais qu'une envie à présent : sortir d'ici. J'avais l'impression d'empester le soufre.

Une fois sur le boulevard Armand Duportal, je remontai le col de mon manteau noir pour protéger ma nuque d'une bise glaciale. Quelle idée d'oublier son écharpe par un temps pareil...

Je n'aimais pas le mois de février.

CHAPITRE 2

Donna – Étudiante en audiovisuel

J'adorais le mois de février ! Surtout quand il gelait dans la nuit, on avait toujours des journées ensoleillées idéales pour prendre de magnifiques clichés – c'était plus facile de se trimbaler un appareil photo qu'une caméra, non ?

J'accélérai le pas tout en rajustant ma grosse écharpe en laine et mon bonnet blanc. Poussée par la basse température, je m'engouffrai dans un café au coin de la rue du Taur et de la place Saint-Sernin dominée par la magnifique basilique. J'adorais ce coin de Toulouse !

Je repérai mes amies du premier coup d'œil et les rejoignis. Sadia, étudiante noire au summum de la classe à qui j'enviais sa longue chevelure lui frôlant les cuisses, et Amélie, blonde énergique à la coupe garçonne, m'attendaient à une table près de la fenêtre. Je leur fis deux bises à chacune avant de m'asseoir et de frissonner toute entière à cause du changement de température.

– Ce week-end je fais de l'urbex, annonçai-je. Qui vient avec moi ?

Elles levèrent les yeux au ciel.

Sympa...

– T'as pas autre chose à photographier que des bâtiments en ruine ? soupira Sadia.

– Pourquoi ? C'est génial l'exploration urbaine ! Selon où je vais je me fous les jetons toute seule, déclarai-je, fière de moi.

Sauf que mes camarades n'y voyaient rien de drôle.

Elles étaient bizarres, parfois.

– D'accord, soufflai-je, vaincue. Qu'est-ce qu'il faudrait que je photographie pour que vous veniez avec moi ?

Elles échangèrent un regard complice avant de me fixer :

– Des beaux mecs, les entendis-je répondre d'une seule voix.

– Vaste programme...

– T'as pas un devoir en cours ? se souvint Sadia.

– Pour lequel tu dois fournir une photo sans aucune retouche, rappela Amélie. Quoi de mieux qu'un beau mec pour te faire passer l'envie de modifier l'image ?

OK, elles marquaient un point. Ne restait qu'un problème.

– Et je les trouve où, les beaux mecs ? leur demandai-je. Parce que je vous rappelle que, contrairement à vous, mon radar à mâles attirants est en rade depuis un certain temps.

– À en juger par l'unique copain que tu as eu en vingt ans, je dirais même depuis toujours, glissa Sadia.

Prends-toi ça dans les dents, Donna. Je ne risquais pas d'attraper la grosse tête avec ce duo-là.

– C'est justement pour ça, dit Amélie, que Sadia et moi-même nous proposons pour t'accompagner dans le métro, le bus ou...

– La basilique, la coupa Sadia dont le regard était rivé dehors.

Amélie et moi tournâmes la tête vers l'extérieur : un beau brun en jeans portant un manteau de motard noir traversait la place. Il émanait de lui une aura étrange, peut-être parce qu'il se tenait bien droit et que sa démarche était fluide, presque féline ? Ou peut-être pour autre chose...

– On bouge, me pressa Sadia, déjà debout.

– Mais j'ai même pas commandé mon café ! protestai-je.

Sans tenir compte de mon regard de chien battu, elle m'attrapa par le bras pour me faire lever et me tira derrière elle. Cette fille n'avait pas de cœur, c'était obligé !

– Je vous rattrape, lança Amélie qui s'occupa de leur addition.

Un peu dépitée par la tournure des événements, je laissai mon amie me guider à la suite de notre proie –

comment l'appeler autrement... Le pauvre. Les beaux garçons de la ville avaient de la chance que mes amies ne soient pas passionnées par la photo et que moi, je préfère les vieilles demeures abandonnées à leur postérieur alléchant.

D'ailleurs, celui qui nous précédait était franchement pas mal ! Au final, les filles avaient peut-être eu une bonne idée.

Tout en marchant à côté de Sadia, j'ôtai le cache de l'objectif et allumai mon appareil dès qu'un commerçant héla notre inconnu. Amélie nous rejoignit dans l'intervalle. Nous nous arrêtâmes toutes trois à quelques mètres pour ne pas être repérées. De profil par rapport à nous, les deux hommes parlaient sans faire attention à ce qui se passait autour d'eux. J'apportai mon appareil à mon œil et zoomai. Dans la trajectoire de mon objectif, je remarquai qu'une haute glace sur la devanture du commerce renvoyait le reflet du beau brun, me permettant de le voir en entier. Je détaillai l'homme et la première chose qui me frappa fut la capacité expressive de son visage un peu carré portant un collier discret et une fine moustache courte.

Ses lèvres pleines soit s'étiraient en un sourire ravageur dévoilant ses dents blanches alignées, soit esquissaient des mimiques montrant la palette impressionnante de ses expressions faciales. Son regard n'était pas en reste, avec ses beaux yeux sombres. Ils étaient surmontés par des sourcils dessinés, témoins parlants de chacune de ses émotions.

En à peine quelques secondes, je vis son visage sérieux, déconneur, attentif et peiné : un miroir parfait de la conversation qu'il entretenait avec le commerçant. Ce dernier, en comparaison, me sembla impassible et froid alors qu'en d'autres circonstances, je l'aurais sans doute trouvé normal. Mais pas à côté de mon fascinant inconnu. La théorie de la rétroaction faciale ne s'appliquait pas du tout à lui.

Ce mec ferait un malheur devant n'importe quel objectif !

Mon modèle involontaire s'alluma une cigarette. Je pris quelques photos en rafale. Je regardai ensuite le résultat sur l'écran et une prise en particulier attira mon attention : le plan rapproché poitrine, la rougeur de la cigarette, la netteté des tatouages sur ses mains, la lumière sur le bracelet et le reflet impeccable dans la glace, tout était parfait !

Du coin de l'œil, je vis Amélie repartir en même temps que l'inconnu. Je la rattrapai au vol.

– C'est bon, j'ai ce qu'il faut !

– Déjà ? s'étonna-t-elle, déçue.

– C'est malsain de le suivre davantage. Et puis si vous m'aviez laissé boire mon café, je ne serai pas en manque de caféine.

– Si tu avais bu ton café, tu n'aurais jamais eu ta photo, ma petite Donna Lewis, me rappela Sadia dans un sourire moqueur.

– Je ne m'appelle pas Lewis !

La chanson « I love you always forever » était la préférée de ma mère. À ma naissance, elle n'avait rien trouvé de mieux comme prénom que celui de son interprète. Une chance pour moi, la chanson étant plus connue que la chanteuse, j'avais eu droit à une avalanche de « Donna comme Donna Summer, la reine du disco ? » C'était quand même autrement plus classe !

– On arrête, alors ? me demanda Amélie. J'ai même pas pu en profiter.

– Amélie, t'es flippante, commenta Sadia d'un air presque outré.

Comme mes amies, je suivis des yeux la silhouette de l'homme qui s'éloignait avec nonchalance.

– Donna ? s'enquit Amélie.

– Café, répondis-je simplement, mettant fin à ses espoirs.

– Puisque tu invites, on accepte, sourit Sadia.

Je lui jetai un regard scandalisé, elle laissa échapper un éclat de rire qui s'éleva dans l'air hivernal. Le froid rougissait mes joues, pourtant je l'adorais. Et il n'y avait rien de plus vivifiant qu'une balade entre amies dans la Ville Rose par un temps aussi magique.

Après avoir trié mes photos de l'inconnu, j'avais sélectionné la meilleure, celle qui m'avait tapé dans l'œil quand je les avais regardées sur mon appareil. C'était marrant, le beau gosse avait exactement la même tête de mort tatouée sur le dos des deux mains, mais celle sur la droite avait les orbites et la cavité nasale bleues tandis qu'elles étaient rouges sur l'autre. En tout cas, de chaque côté, le tatouage semblait continuer sur les avant-bras. J'adorais les mecs tatoués !

Une fois le cliché imprimé sans aucune retouche et ma note d'intention rédigée, j'avais tout donné à ma prof le lendemain, certaine que mon travail allait la bluffer !

Quand elle nous les rendit une semaine plus tard, je découvris un beau « 7 » en rouge sur ma note d'intention. La mâchoire faillit m'en tomber. J'insultai copieusement ma prof dans ma tête dans les trois langues que je connaissais avant de raisonner mon *ego* blessé : il devait y avoir un souci. Pour savoir lequel, j'allai la voir à la fin du cours quand tous mes camarades furent sortis.

– Madame Perez, l'abordai-je. Je ne comprends pas du tout ma note. J'ai respecté les consignes.

Elle me fixa, un sourcil plein de scepticisme levé.

– J'avais demandé une photo brute. La tienne est retouchée.

– Je vous assure que non. Je n'ai même pas touché la chromie.

– Passe, ordonna-t-elle, la main tendue.

Je la lui donnai puis contournai son bureau pour me placer à côté d'elle. Avec son stylo, elle attira mon attention sur le reflet de l'inconnu.

– J'ai failli te donner la meilleure note car la photo est géniale. Mais j'ai remarqué ce détail, dit-elle en tapotant un point précis du reflet. Franchement, Donna, si tu veux tricher, ne sois pas trahie par une erreur aussi grossière.

J'écoutais à moitié ce qu'elle me disait car je n'en croyais pas mes yeux – qui devaient, à cet instant, être aussi ronds et grands que l'était ma bouche. Sur le reflet, l'homme ne portait pas le bracelet à son poignet droit, mais au gauche.

Je clignai des paupières.

Non, je ne rêvais pas. Même en prenant en compte qu'un miroir renvoyait une image inversée, ça ne collait pas. S'il était au bras qui tenait la cigarette sur l'homme, il devait être sur le même bras dans le reflet. Là, il était à celui tenant le briquet. Ce bracelet n'était définitivement pas au bon endroit. Pas étonnant que ma prof ait cru à de la tricherie.

– Ce que je ne comprends pas, reprit la femme en me tendant le cliché, c'est pourquoi tu as fait ça.

Je me redressai, incrédule.

– Je n'ai pas retouché cette photo et personne n'a pu le faire, répondis-je plus pour moi que pour elle. Je l'ai imprimée sur ma propre imprimante le soir même où je l'ai prise.

Une indicible excitation commença à me gagner.

– Si ce n'est pas toi qui l'as retouchée, quelqu'un a dû le faire.

– Ou alors…, commençai-je. Ou alors, c'est que je tiens un mystère super bizarre à résoudre ! Madame Perez, je vous adore !

Je me retins de l'embrasser, préférant m'éclipser. La hâte de raconter tout ça à Sadia et Amélie me donna des ailes dans les couloirs de l'école. Durant le trajet qui me ramena à mon minuscule studio sous les combles, j'échafaudai tout un tas de théories plus fumeuses les unes que les autres.

Toutefois, j'avais une certitude : il fallait absolument que je retrouve ce type !

CHAPITRE 3

Nathan – Saint Exorciste
Chevalier de l'ordre de Saint-Jean de Jérusalem

Neuf jours avaient passé depuis l'exorcisme de Laëtitia, pourquoi l'archevêque me convoquait-il maintenant ? Je longeai la nef de la basilique Saint-Sernin et trouvai mon supérieur immobile devant l'autel. À cette heure-ci, l'église encore fermée était vide, ce qui n'empêcha pas l'homme de chuchoter lorsqu'il s'adressa à moi d'une voix usée par sa longue vie.

— Comment allez-vous, mon enfant ?

En connaissant ma nature, il n'aurait jamais voulu de moi comme fils. Son hypocrisie me donnait envie de vomir.

— Bien. Tu veux en parler maintenant ?

— Parlons-en en marchant.

Je lui emboîtai le pas tout en lui expliquant la manière dont s'était déroulé l'exorcisme. Une fois mon récit terminé, il hocha la tête avant de descendre à la crypte des Corps Saints dans un silence parfait. Il s'arrêta au bas des marches.

– Vous êtes certain que le démon est retourné en Enfer ?

– Oui. Pourquoi ?

– Pour être sûr.

– Tu doutes de moi ?

Il baissa les yeux sur mon bracelet endormi en guise de réponse. Son Excellence avait-elle peur que je passe du mauvais côté de la Force ?

– Non, j'ai confiance en vous.

Foutaises !

– Alors pourquoi voulais-tu me voir ? Mon temps aussi est précieux.

Il ne releva pas mon ton arrogant. Sans doute n'osait-il pas. Lui ne puait pas la peur, il empestait la lâcheté. J'avais connu de simples prêtres bien plus valeureux que cet homme heureux de se complaire dans l'amour de la vaine gloire.

– Je voulais entendre la version des faits de votre bouche. À présent, vous pouvez disposer.

Je ne pris pas la peine de le saluer avant de partir. Comment perdre son temps ? En servant un Ordre qui craint plus que tout ses propres erreurs et qui a la fâcheuse tendance à posséder des dirigeants trop incertains.

En sortant de l'édifice, j'attrapai mes gants en cuir noir dans la poche arrière de mon jeans et les enfilai tout en rejoignant ma moto. Je mis mon casque et lançai l'engin dans les rues pavées de Toulouse, direction le sud de la ville où une autre facette de mon boulot m'attendait.

Je me garai à non loin d'une fleuriste connue à Pech-David, quartier abritant l'hôpital Rangueil. C'était justement une amatrice de soins alternatifs – comprendre « une sorcière » – que je venais voir. Dans la boutique, le mélange des fragrances florales agressa mon nez plus habitué à l'odeur d'essence et de sang. Mon regard tomba sur le dos des deux clients devant moi puis, derrière le comptoir, sur Virginie, une trentenaire. La patronne se figea en m'apercevant. La lueur d'inquiétude dans ses yeux ne m'échappa pas : elle savait pourquoi j'étais là. La question était de savoir si elle l'avouerait.

Je restai à ma place dans la file et attendis. Virginie termina sa composition florale avant de demander à son employé d'encaisser la commande, après quoi elle contourna l'homme devant moi pour me rejoindre.

— On devrait aller en bas, proposa-t-elle discrètement.

— Je te suis.

Elle me conduisit au sous-sol par un étroit escalier situé dans l'arrière-boutique. Une porte solide fermée à double tour marquait la fin de la descente. La patronne attrapa une clé pendue à la chaîne en or autour de son cou et l'ouvrit. Elle me précéda sans m'inviter à entrer, ce qui ne me retint pas de le faire.

Je découvris une pièce remplie de fleurs non commerciales, de fioles et d'alambics, ainsi que d'un autel rituel.

— J'habite au-dessus de la boutique mais mon fiancé n'apprécierait pas, se justifia-t-elle pendant que je fermais la porte, au cas où son employé aurait l'idée de descendre.

Plantée au milieu de la pièce éclairée par des néons, Virginie me faisait face. Malgré l'air assuré qu'elle tentait de prendre, je la sentais tendue.

— Je n'ai rien fait de mal, assura-t-elle.

— J'ai entendu dire que tu possédais de la digitaline. C'est une substance dangereuse entre les mains d'un humain, mais c'est pire dans celles d'une sorcière.

— Qui vous a dit ça ? demanda-t-elle, sur ses gardes.

— Où est-elle ? questionnai-je sans tenir compte de son interrogation.

Elle m'observa quelques secondes le temps de calculer ses chances de s'en tirer si elle me contrariait. Consciente qu'elles seraient inexistantes, elle déverrouilla un tiroir de la table bureau où trônaient les alambics et en sortit un coffret en bois qu'elle ouvrit quand je m'approchai. À l'intérieur se trouvaient quatre flacons.

— Ce sont des doses létales, remarquai-je. Et en prime, tu en as assez pour réveiller tous les cadavres de Toulouse. Pour quoi en as-tu besoin ?

— J'ai des problèmes cardiaques mais je n'ai pas de digitale pourpre ici. C'est une amie, que je vois une fois l'année, qui la fabrique pour moi. Je ne suis pas une nécromancienne, Saint Exorciste. Le contenu de ce coffret est pour mon usage personnel. Je vous le jure.

– Si je devais croire toutes les personnes qui jurent, je serai déjà mort depuis longtemps. Un flacon te dure combien de temps ?

– Quatre mois.

– Et celui qui est entamé ?

– J'en ai encore pour un peu plus d'un mois.

J'attrapai les trois flacons intacts et les fourrai dans mes poches sous le regard outré de Virginie.

– Je t'apporterai une nouvelle dose dans un mois, lui promis-je.

– Vous ne pouvez pas faire ça !

– En effet, je ne peux pas laisser une substance aussi dangereuse entre les mains d'une sorcière. Mais si tu préfères, je peux tout prendre.

À en juger par le regard noir qu'elle m'octroya, elle n'était pas d'accord.

– Tu veux t'opposer ? demandai-je sur un ton dur.

Elle douta, jusqu'à ce qu'elle remarque le bracelet à mon poignet et que les légendes à mon sujet lui reviennent en mémoire. Vraies ou fausses ? Elle n'en savait rien, comme tout le monde, mais me sous-estimer était dangereux et ça, c'était de notoriété publique.

Je fis un pas en avant, elle recula de deux longues foulées.

– Partez.

Ma présence la mettait mal à l'aise, c'était normal. Virginie était méfiante mais pas méchante, aussi reculai-je.

– Je serai là dans un mois sans faute.

Je m'en allai sans attendre sa réaction. La boutique était pleine quand je la quittai, au point que j'aurais dû coudoyer la file d'attente si l'aura qui m'entourait n'avait pas incité les clients à se décaler d'eux-mêmes sur mon passage. Ma nature avait quelques avantages, surtout dans une boutique de fleurs à deux jours de la Saint-Valentin.

J'enfourchai ma moto en songeant que faire la police auprès de certains acteurs du milieu surnaturel ne m'emballait pas. C'était beaucoup de palabres pour régler les choses sans faire de vagues au risque de mettre son Excellence en rogne. Il me sortait déjà par tous les orifices, je ne tenais pas à m'infliger sa mauvaise humeur en prime. Encore, si j'avais pu le frapper, OK, mais ça serait interprété comme le signe que je ne contrôlais plus la situation. Le corps clérical de l'Ordre avait plus de facilité à croire aux prémices de l'Apocalypse qu'au fait que la majorité d'entre eux était des putains de têtes à claques.

Je rentrai chez moi sans détour afin de passer la journée au calme. Depuis mon dernier exorcisme, je ne dormais pas bien et je commençais à atteindre mes limites à en juger par mon irascibilité de ce matin. Quelques heures de sommeil ne seraient pas de trop.

De retour dans mon appartement situé au dernier étage d'un petit immeuble, je pris le temps de me déchausser et de me dévêtir un peu avant d'aviser le pan de mur près de l'escalier menant à une mezzanine fermée. Je posai les mains sur la paroi aux pierres apparentes située entre le bar de ma cuisine américaine et l'escalier. La cloison disparut, ouvrant un passage sur une salle dérobée aux murs lambrissés couverts d'étagères supportant aussi bien des livres que des accessoires en tous genres.

Au fond de ma réserve, je trouvai un coffret dans lequel je rangeai les fioles de digitaline avant de retourner au salon. À peine sortis-je de la salle secrète que le mur la dissimulant réapparut. Je créai un rappel sur mon smartphone pour ne pas oublier la dose de Virginie et, une fois débarrassé de toutes mes corvées, je le posai sur ma chaîne Hi-Fi et lançai Nickelback. Les notes de guitare de « Savin'Me » montèrent jusqu'au plafond, puis la voix grave du chanteur occulta le reste du monde. Je me laissai choir sur mon canapé et soupirai d'aise avant de m'allumer une cigarette.

L'immeuble appartenait à l'Ordre et m'était réservé, sauf cas particulier où des personnes étaient hébergées temporairement dans les autres appartements. Ou quand je logeais des SDF durant les grands froids. Mais c'était occasionnel. Tant mieux. Ma vie était déjà assez compliquée sans que j'aie besoin de me coltiner des gens trop curieux...

CHAPITRE 4

Donna – Étudiante intriguée

— T'as eu un sept ?!

Sadia et Amélie s'étaient exclamées d'une même voix et vu la tête qu'elles tiraient, elles étaient vraiment choquées.

Je les fixai, hébétée. Mais, mais, mais... Pourquoi avaient-elles retenu ma note et pas le bracelet au mauvais endroit ?

Je battis des paupières, incrédule.

Un truc ne tournait vraiment pas rond chez elles. Amélie m'arracha le cliché des mains et se pencha dessus, imitée par Sadia.

— Elle est pas bien ta prof ! s'insurgea Amélie. Elle aurait dû te mettre vingt rien que pour le mec !

Larguée.

J'étais totalement larguée.

Et le bracelet ?

— C’est vrai que le reflet du bracelet n’est pas bon, remarqua Sadia.

Enfin !

— Pourquoi t’as attendu pour nous en parler ? me demanda Amélie.

— Je voulais avoir plus d’infos sur lui.

Madame Perez m’avait rendu la photo mardi et nous étions déjà vendredi. J’avais rongé mon frein pendant deux jours, le temps pour moi de mener ma petite investigation. Dès que j’avais eu de nouveaux éléments, j’avais appelé les filles pour qu’elles rappliquent *fissa* et nous étions donc toutes les trois dans mon studio sous les combles, assises sur des poufs colorés et moelleux à souhait, en train de discuter autour d’un café brûlant, d’un chocolat chaud et d’un thé fumant. Sans oublier la photo non retouchée d’un beau mec au reflet étrange qui m’avait valu l’une de mes pires notes.

Je leur racontai comment j’avais passé la casquette de détective pour enquêter. J’avais opté pour la piste la plus logique : discuter avec une personne susceptible de le connaître. Autrement dit, j’étais allée voir le commerçant qui l’avait alpagué dans la rue où je l’avais photographié. J’avais mis mon plus beau sourire sur mon visage et j’avais donné à ma voix tout le miel dont j’étais capable pour jouer la jeune femme frappée par le coup de foudre.

— Et il a marché quand tu lui as sorti que ce mec avait volé ton cœur ? demanda Sadia, étonnée.

— Ah non. Il a couru, rectifiai-je, fière de moi.

Je posai ma tasse à même le parquet, leur montrai la photo, les yeux brillants d'excitation.

– Il s'appelle Nathan, annonçai-je, et il habite dans le quartier.

– Ici, à Arnaud-Bernard ? questionna Amélie. Eh ben, on va mettre des mois à le retrouver...

– Nope, la contredis-je. Il se rend à la basilique tous les dimanches à quatorze heures.

– Y'a pas de messe à cette heure-ci, si ? demanda Sadia.

– Non, confirmai-je. J'ai vérifié sur leur site internet.

– Alors qu'est-ce qu'il y fait ? s'interrogea Amélie.

– Peut-être ce qu'on fait dans une église : prier, avança Sadia.

– Tous les dimanches ?!

– Tout le monde n'est pas aussi athée que nous.

– On s'en fout de ce qu'il y fait, les interrompis-je. L'important c'est que je sache où et quand le trouver. Alors, qui vient avec moi ?

– Pas moi, déclina Sadia. C'est la Saint-Valentin. Avec Éric on passe la journée à Carcassonne.

– Ça sera sans moi aussi, j'ai un repas de famille, regretta Amélie.

– Dommage. Dans ce cas je serai la seule à lui faire du charme, la taquinai-je.

– Oh... Tu as appris comment faire ? me retourna-t-elle.

Dire que je pris la mouche fut un euphémisme. Elle m'entendit marmonner que si je le voulais, je pouvais, et cela la fit rire aux éclats.

– Tu as beau avoir une chance insolente dans la vie de tous les jours, intervint Sadia, tu n'en as pas vraiment dans ce domaine-là.

– Je n'ai pas à me plaindre, rétorquai-je. Sébastien n'était peut-être pas un canon de beauté mais j'ai passé de magnifiques moments avec lui.

– Mais tu l'as largué, me rappela-t-elle. Nathan est peut-être un signe du destin ?

– Non, réfutai-je. Dans la vraie vie les beaux mecs sont soit casés, soit cons, soit homos. Ma priorité reste de toute façon de trouver un boulot qui me plaise avant de penser à me poser, ce qui ne va pas être évident dans ma branche. Et je dois vous avouer que ce Nathan me laisse un avis mitigé.

– Pourquoi ? demanda Amélie.

– T'as pas eu une impression bizarre en le voyant ? la questionnai-je.

Elle prit un instant de réflexion et je vis à son air sérieux qu'elle avait eu le même sentiment. Elle haussa finalement les épaules.

– Peut-être. C'est vrai que c'est pas forcément le genre de mec qui met en confiance direct, mais ça veut pas dire non plus que c'est un sociopathe en puissance.

– C'est peut-être un psychopathe ? avançai-je.

– C'est quoi la différence ? interrogea Sadia.

– L'origine du trouble, répondit Amélie, notre future psychologue.

– C'est-à-dire ?

– La sociopathie serait due à des facteurs environnementaux, expliqua Amélie. Comme une enfance difficile ou un entourage absent ou délinquant, par exemple, qui rendraient insensibles aux émotions humaines et à l'autorité. Les psychopathes, eux, naîtraient avec des facteurs génétiques, biologiques voire psychologiques favorables à la manifestation de leur personnalité antisociale. En résumé, et en théorie.

– Je me souviens pourquoi j'ai choisi de devenir esthéticienne.

– Une fois ta boîte ouverte, t'auras aussi ton lot de cas sociaux, lui prédit Amélie, un sourire amusé aux lèvres.

– Je verrai ça en temps et en heure.

Sadia se tourna vers moi.

– Du coup, tu sais comment tu vas l'aborder, ton Nathan ?

Ce fut à mon tour de hausser les épaules.

– Je trouverai bien !

Le dimanche suivant, je me retrouvai devant les portes de la basilique de style roman et une question idiote – mais pas tant que ça – me traversa l'esprit : si Nathan était en couple, viendrait-il aujourd'hui aussi ?

Après une courte réflexion, je décidai que l'interrogation arrivait trop tard. Puisque j'étais là, autant aller voir.

Je rajustai ma tenue et pris une profonde inspiration avant de rentrer. Devant l'immensité solennelle de l'intérieur, je pris conscience de venir ici pour la première fois. Alors que j'avais visité les bâtiments abandonnés de Toulouse, j'en avais négligé l'un des plus beaux encore en fonction. Je restai sans voix devant la longueur de la nef, la largeur du vaisseau principal et la hauteur de la voûte. Face à tant de grandeur, je me sentis insignifiante.

Je fis quelques pas vers le bénitier. Je plongeai le bout des doigts dans l'eau fraîche et commençai à me signer... quand j'eus un doute inattendu. Le Saint-Esprit était à droite ou à gauche ?

Droite ? Gauche ? Droite, gauche, droite, gauche.

Ma main suivait ma pensée sans parvenir à choisir.

Zut !

Je levai la main en direction du chœur.

– Salut, Dieu, chuchotai-je.

Ça ferait l'affaire.

J'avançai dans la nef en détaillant les piliers à arcs doubleaux. Je remarquai les armoiries sur la voûte proche du chœur puis mon regard tomba sur les stalles des chanoines. Je me figeai : Nathan était assis au premier rang. Je sentis l'excitation monter en même temps qu'une horrible incertitude quant à la manière de l'aborder. Je ne pouvais pas l'appeler par son prénom alors qu'on ne se connaissait pas et lui dire que j'étais là pour parler de son drôle de reflet sur une photo que j'avais prise à son insu.

Si ?

Non. J'avais un grain mais pas à ce point. Bah, je trouverai ! Je serai bien obligée de toute manière.

Je slalomai entre les visiteurs et m'assis deux rangs derrière lui. Puisque j'étais décalée par rapport à sa position, je voyais une partie de son visage baissé aux yeux clos : il était en pleine prière. Je n'avais plus qu'à attendre.

Alors comme ça, il était croyant ? Je ne l'aurais pas imaginé, mais au moins ça m'avait permis de le retrouver.

Par contre, l'athée que j'étais craignait un peu les pratiquants. Selon moi, ils se divisaient en deux catégories : ceux qui pensaient que le monde se résumait à leur foi, et ceux qui savaient que leur foi faisait partie du monde. Les premiers étaient moralisateurs et intolérants tandis que les seconds incarnaient les valeurs d'entraide, de soutien, de générosité et d'humilité que véhiculait la religion.

À quelle catégorie appartenais-tu, Nathan ?

Je regardai mon bracelet-montre : j'attendais depuis dix minutes. Soit ce mec avait commis un génocide, soit sa vie était pourrie pour qu'il ait autant de choses à dire à Dieu. Je croisai les bras et m'affalai sur ma chaise en bois en ruminant.

Je me redressai aussi sec.

Nathan s'était levé !

CHAPITRE 5

Nathan – Saint Exorciste
Chevalier de l'ordre de Saint-Jean de Jérusalem

J'avais attendu en espérant que la petite fouineuse se lasse, mais j'étais moins patient qu'elle. Je me levai. Elle sentait les problèmes à plein nez, je devais régler l'histoire maintenant. Sans même faire mine de l'ignorer, j'avalai la distance qui nous séparait en quatre enjambées et m'assis à côté d'elle. Elle était paniquée comme un chien qu'on s'apprêterait à battre. Tant mieux. Ça serait plus facile si elle avait peur de moi.

– Tu voulais me parler ?

– Euh… Je…, balbutia-t-elle.

– Je ne mords pas.

– Je… J'ai…

Elle fouilla dans son sac en bandoulière.

— Je suis étudiante en audiovisuel et je prends souvent des photos de personnes que je croise dans la rue, débita-t-elle.

Elle tendit un cliché de moi plutôt réussi. Elle était douée et, à en juger par sa confusion, elle avait remarqué l'étrangeté de mon reflet.

J'avais besoin de temps pour réfléchir.

— Et ? demandai-je, feignant l'incompréhension.

Pendant qu'elle essayait de m'expliquer ce qui la dérangeait, je songeai que le fichier original de la photo devait se trouver sur son ordinateur. Si je voulais être tranquille, il me fallait l'effacer et donc, aller chez elle. Chose qu'elle n'accepterait jamais si elle se méfiait de moi.

Changement de plan : elle ne devait pas avoir peur de moi mais me faire confiance.

— Je ne sais pas quoi te dire, repris-je quand elle eut terminé. Tu dis que tu ne l'as pas retouchée ?

— Oui. Et personne n'est venu chez moi entre le moment où j'ai mis les photos sur mon ordi et celui où j'ai imprimé celle-là.

— Il s'est passé combien de temps entre les deux ?

— Je ne sais pas. Peut-être deux heures, le temps de me doucher et de manger un bout. Pourquoi ?

— Tu sais qu'on peut contrôler un ordinateur à distance ?

— Oui, mais je ne sais pas comment ça fonctionne concrètement.

— Je suis informaticien, mentis-je avec tant d'aplomb que j'aurais pu me convaincre moi-même. Tu veux que je jette un œil à ton ordi ?

Elle me dévisagea, incertaine. Son regard hésita entre la photo et mes yeux noirs.

– Si une personne y a accès, elle a accès à toutes tes infos, rajoutai-je dans l'espoir de la convaincre.

L'argument la décida.

– OK. Pourquoi pas. Quand ?

– Je n'ai rien de prévu dans l'immédiat. Tu veux l'amener ? Comme ça je n'ai pas à venir chez toi, si ça te dérange.

– Non, c'est bon. Viens, comme ça si y'a besoin on n'aura pas besoin de chercher du wifi gratuit.

Elle était pragmatique, la petite. Nous nous levâmes et sortîmes.

– Au fait, tu t'appelles comment ? questionnai-je.

– Donna.

Elle marqua une pause.

– Et toi ?

La suspicion me fit plisser les yeux. Philippe avait dû lui donner mon nom, puisqu'on était ensemble quand elle avait pris la photo, mais elle devait penser que je n'avais pas fait le lien.

– Nathan.

Je lui aurais bien menti pour voir sa réaction si le but de la manœuvre n'était pas de la mettre en confiance.

Le trajet jusqu'à son domicile la mit mal à l'aise. Elle n'arrêtait pas de jouer avec sa sacoche tout en me jetant des regards en coin. Soucieux de l'apaiser, je tâtai le terrain en ce qui concernait ses fichiers.

– Ils sont tous sur ton ordi ? Tu n'en as pas sur internet ?

– Non. Je ne les ai pas encore transférés sur mon *drive* ni même sur ma clé USB. Si quelqu'un l'a trafiquée, ça ne peut être que sur mon PC.

Très bien. Je n'aurai pas besoin de courir à droite et à gauche pour supprimer toutes les preuves.

Alors que je me réjouissais de cette facilité, Donna dévia la conversation sur des sujets plus banals. Je l'avais mise en confiance à ce point ou elle était bavarde de nature ?

Elle me parla de sa situation et me prévint que son studio était petit, mais elle ne s'en plaignait pas, elle l'avait trouvé sans le chercher. Une femme qu'elle avait aidée à porter des courses dans l'immeuble de ses parents le lui avait proposé.

L'appartement en question se situait à cinq minutes à pied de l'école supérieure. Le loyer n'était pas élevé, elle pouvait donc le payer avec le peu de bourses qu'elle touchait et l'argent qu'elle se faisait en vendant ses photos à un magazine régional. Ce travail-là non plus, elle ne l'avait pas cherché. Un jour où elle retouchait des photos dans un café, l'homme assis derrière elle l'avait apostrophée : c'était le rédacteur en chef du quotidien. Il avait flashé sur son travail et lui avait proposé un accord.

Si je ne fréquentais pas le surnaturel depuis toujours, j'aurais pensé qu'elle avait juste beaucoup de chance. Mais avec mon vécu, je savais que sa bonne fortune était inhabituelle. J'avais entendu des rumeurs au sujet d'humains capables de canaliser la chance et de la faire rayonner autour d'eux. Sa famille et ses amis ne devaient pas connaître beaucoup de galères.

Une chance pour eux...

Nous arrivâmes rapidement chez elle, dans un studio assez grand pour accueillir une kitchenette, un lit une place, une salle de bain avec toilettes et un coin détente avec trois poufs près d'une commode. Une petite table carrée était rangée près d'un réfrigérateur *Table Top*. L'endroit ne devait pas être pratique pour travailler.

Je m'assis sur le lit quand Donna m'y invita et la laissai allumer son appareil une fois son manteau, son bonnet et son écharpe enlevés. Son code d'accès entré, elle mit l'ordinateur portable sur mes genoux avant de préparer du café. Pendant qu'elle remplissait le réservoir de la cafetière, je posai ma main gauche sur l'engin afin d'en prendre mentalement le contrôle. Ma pensée s'occupa de fouiller la mémoire de l'ordinateur, affichant tous les fichiers qui défilaient à une vitesse vertigineuse sur l'écran.

— Je reviens, me dit Donna en disparaissant dans la salle de bain pendant que le café passait.

Elle ferma la porte et la verrouilla. Je trouvai enfin le dossier et le supprimai de son emplacement et de la corbeille. Ne restait que le cliché papier. J'abandonnai l'ordi sur le matelas avant de chercher dans le sac de Donna. Une fois la photo en main, je m'en allai sans un bruit.

Dans les escaliers en colimaçon aux marches inégales, un sourire de triomphe releva le coin de mes lèvres.

**

Donna – Étudiante sceptique

En me lavant les mains dans le lavabo de ma salle de bain, je songeais à la tournure des événements. Informaticien, hein ? Si quelqu'un s'était introduit dans mon ordi, ça expliquerait la photo truquée. Sadia avait peut-être raison, le destin avait mis Nathan sur ma route pour m'aider à régler ce problème. Pour quoi d'autre, sinon ? Je savais qu'Amélie et elle auraient aimé me voir casée, mais ce n'était pas dans mes projets à court ou moyen terme. En plus, Nathan ne m'attirait pas malgré son physique ravageur encore plus beau vu de près, et malgré sa voix grave grisante. Il y avait quelque chose d'étrange chez lui.

Je fermai le robinet et me séchai les mains. Quand je sortis de la salle de bain, Nathan n'était plus là. L'étonnement passé, mon premier réflexe fut de regarder si mon ordi allait bien. Je vérifiai le dossier contenant les photos de lui. Il n'était plus là !

– Non, non, non.

La panique me gagna. J'ouvris la corbeille, vide. Je fis une recherche infructueuse sur mon disque dur. Je dus me rendre à l'évidence : il avait tout supprimé !

– Le fils de pute !

Je lâchai mon PC sur le lit et m'élançai à sa poursuite sans me couvrir, bien décidée à avoir une véritable explication. Je n'avais pas trop traîné aux toilettes, il ne pouvait pas être loin. Je dévalai les escaliers à toute vitesse. Enfin dans la rue, je courus comme je ne l'avais jamais fait, avec mon seul instinct comme guide. Sadia l'avait dit, j'avais une chance insolente depuis toujours.

Mes longs cheveux bruns détachés ondulaient dans le vent, soulevés par ma vive allure. Mon souffle chaud s'échappait en vapeur au contact de l'air gelé et le froid me mordait la peau.

Les exclamations de protestations des passants que je bousculais sur mon chemin ne me retinrent pas. Je filai comme le vent, poussée par une rage virulente lovée au creux de mon ventre.

Je m'étais fait avoir ! Quelle quiche ! Un informaticien, tu parles ! Un beau baratineur, ouais ! Tout ça pour quoi ? Un bracelet mal placé sur une photo ? S'il avait effacé les fichiers c'est qu'ils devaient avoir une importance. Ma photo n'avait pas été retouchée, elle était authentique et ce bâtard cachait quelque chose !

Je bifurquai d'un coup sur ma gauche, à bout de souffle. Je n'étais pas sportive, mon corps commençait à me lâcher. Je devais retrouver cette enflure avant !

Je tournai à droite : le type était au bout de la petite venelle déserte. Il tenait mon cliché dans une main. L'envie de lui coller mes phalanges dans sa face me redonna un second souffle. Sans chercher à comprendre ni à ralentir, je lui sautai dessus. Le choc avec son dos solide fut rude mais mes cinquante-cinq kilos multipliés par ma vitesse nous firent tomber à la renverse. Dopée à l'adrénaline, je me relevai dans la foulée, le diable au corps, prête à l'étriper sur place. Il était déjà debout, face à moi, et l'aura meurtrière qui se dégageait de lui me doucha net.

J'étais en danger.

Quand il avança, les traits tirés par la colère, je reculai jusqu'à me trouver acculée contre le mur. Il me saisit au cou de sa main droite et me souleva de terre au point que je ne sentais les pavés que du bout des pieds. La panique me submergea. Je me débattis, tentant par tous les moyens de me soustraire à sa poigne. Rien à faire, il avait trop de force !

– Je n'ai qu'un conseil à te donner, susurra sa voix exquise. Oublie cette histoire, sinon je te tue.

Il leva sa main gauche. Ses longs doigts froissèrent la photo au creux de sa paume. De la fumée s'en échappa sous mon regard horrifié. Quand il ouvrit la main, il ne restait de mon cliché que des cendres rougeoyantes et fumantes.

Il était taré ! Complètement taré !

Les yeux exorbités par la peur, je suivis chacun de ses mouvements par crainte qu'il ne me fasse du mal. Je me crispai violemment quand il mit sa main entre nos visages. Il souffla. Je fermai les paupières et la bouche pour ne pas avaler de cendres, puis je sentis ses doigts libérer mon cou. Écrasée par ma frayeur, je tombai à genoux sur le sol.

Lorsque j'osai enfin ouvrir les yeux, Nathan n'était plus là.

Je tâtai ma gorge et esquissai une grimace en la découvrant en feu. Un incendie que mes larmes embrasèrent.

Je ne comprenais rien à ce qu'il venait de se passer. Comment avait-il détruit la photo ? Avec un tour d'illusionniste ? Mais comment expliquer son aura meurtrière ? À cette pensée, je sentis toute ma raison m'échapper. Le froid se rappela à mon bon souvenir. Sans manteau pour retenir ma chaleur, je ne pus empêcher mon corps de greloter tout entier. Mes doigts et mon nez étaient gelés, il fallait que je rentre.

Je me levai péniblement. La force avait quitté mes jambes, j'avais tout donné dans ma course.

J'essuyai mes yeux d'un revers de manche et reniflai.

C'était incompréhensible. Je m'étais réellement sentie en danger. J'étais certaine qu'il aurait été capable de mettre sa menace à exécution.

Ce n'était pas un homme.

C'était un monstre !

CHAPITRE 6

Donna – Étudiante fatiguée

J'avais séché les cours le lundi suivant. Le mardi aussi, ne retrouvant le courage d'aller à l'école que le mercredi matin. Et encore, il avait fallu que je me fasse violence pour sortir de chez moi, le plus dur ayant été de déverrouiller la porte. Le petit pêne branlant n'aurait sans doute empêché personne de rentrer dans mon appartement, mais il m'avait rassurée, au chaud dans sa gâche.

J'avais fixé ma porte d'entrée depuis mon lit, duquel je n'avais presque pas bougé, en imaginant Nathan la réduire en cendres d'une simple pression de la main. Autant dire que j'avais très mal dormi ces derniers jours, allant même jusqu'à laisser ma lampe de chevet allumée. Je n'aurais jamais cru être aussi peureuse, mais je n'aurais jamais cru non plus tomber sur un homme pouvant dégager une aura malsaine palpable et faire brûler une photo rien qu'en la touchant.

Après de longues et interminables réflexions, je m'étais convaincue que ce ne pouvait être qu'une illusion, même si je n'y comprenais rien. Les illusionnistes se débrouillaient toujours pour dévier l'attention de leur public. Là, mes yeux n'avaient pas lâché la main de Nathan et sur le coup, j'avais été persuadée que c'était physiquement et humainement impossible qu'il ait pu faire ce qu'il avait fait.

Rongée par l'incertitude, je m'étais réfugiée sous ma couette épaisse, l'estomac noué par la crainte d'éventuelles représailles.

Après deux jours entiers calmes et monotones, j'avais dû me rendre à l'évidence : si je ne cherchais pas à m'approcher de lui, il ne réapparaîtrait pas. J'allais donc m'employer à éviter les abords de la basilique durant le reste de ma vie. J'étais pas suicidaire !

Quand j'arrivai à l'école, les yeux et le nez rougis, tout le monde me dévisagea. Je devais être dans un sale état. Je m'assis à ma place et vécus mes heures de cours en spectatrice fantôme. Le soir, je traînai des pieds quand il fallut rentrer. J'avais texté avec Sadia et Amélie durant mes deux jours de paranoïa, évitant ainsi de les appeler. Elles auraient su au timbre de ma voix que quelque chose clochait. Je ne tenais pas à les inquiéter.

Sur le chemin du retour, j'errai comme une âme en peine, la tête baissée, les épaules affaissées. Ma gorge me faisait encore mal, sans doute à cause du coup de froid attrapé lors de ma course-poursuite. Je voulais dormir. Je m'imaginais déjà chez moi, en train de me vautrer dans mon lit.

L'ascension de l'escalier en colimaçon fut un véritable supplice. Arrivée en haut, je vis Sadia et Amélie en train d'attendre devant ma porte, emmitouflées dans leur manteau.

– Qu'est-ce qui se passe ? s'inquiéta Amélie. On dirait que tu agonises.

– Je suis balade, geignis-je.

– Toi qui ne l'es jamais, ça change, se moqua gentiment Sadia.

J'ouvris la porte et nous rentrâmes au chaud. Je me découvris. Mes vêtements tombèrent à mes pieds sous le regard médusé de mes amies, lesquelles n'avaient jamais rien vu traîner chez moi. Je fis un pas vers mon lit et me laissai tomber franchement sur le matelas au point que je rebondis deux fois avant de comater, bras et jambes écartés.

– Faites cobbe chez vous, grondai-je à moitié endormie.

Je sentis une main caresser ma chevelure brune.

– Tu veux que je te prépare quelque chose ? proposa Sadia. Un café ?

– Un chocolat chaud, préférai-je. Avec beaucoup, beaucoup, beaucoup de chocolat.

– Je m'en occupe ! lança Amélie, déjà à la recherche de mes tablettes.

– Tu veux autre chose ? s'enquit Sadia.

– Oui. Un câlin.

Contre toute attente, elle s'allongea à côté de moi et me serra dans ses bras. Je blottis mon visage dans son doux pull à col bénitier beige. Il était chaud et sentait le parfum d'Elie Saab. J'étais tellement bien que j'aurais été capable de ronronner de bonheur. Je n'avais peut-être pas de mec, mais j'avais des amies en or massif !

– Je vous aibe, déclarai-je sous le coup d'une subite émotion.

– Houlà, elle va nous claquer entre les doigts, là, lâcha Amélie. Tu veux être enterrée ou incinérée ?

– Enterrée, répondis-je. C'est plus ébouvant.

– T'as vraiment un grain, en fait, s'indigna Sadia. T'as sérieusement déjà pensé à ça ?

Je hochai la tête.

– Y'a pas que les vieux qui beurent.

– C'est vrai, approuva Amélie. Moi aussi je beurre mes tartines.

Je pouffai.

– Et je veux donner bes organes.

– Tu sais, Donna, on s'en fout de ton testament.

– Tu es malade, pas mourante, me rappela Sadia.

– Sauf les yeux.

– C'est prêt ! annonça Amélie.

Je m'arrachai de l'étreinte de Sadia à contrecœur pour m'asseoir, bien calée contre mes coussins. L'odeur du chocolat envahit mes narines et me donna du baume au cœur. Pendant que je savourais cette gourmandise, Sadia ramassa mes affaires et les accrocha à la patère de l'entrée avant de venir s'asseoir à côté d'Amélie, sur son pouf attitré.

– Alors tu n'as pas vu Nathan ? demanda-t-elle.

J'aurais avalé de travers si je ne m'étais pas attendue à la question. Quand elles avaient demandé comment s'était passée la rencontre avec l'homme, j'avais vu deux réponses possibles : leur dire la vérité et courir le risque de les mettre en danger, ou mentir en disant que je ne l'avais pas croisé. Je n'aimais pas mentir sauf qu'aujourd'hui, c'était justifié.

— Non, répondis-je.

— Tu vas retenter dimanche prochain ? questionna Amélie.

— Non. Je vais pas lui courir après juste pour ça. On habite le bêbe quartier, si je le croise un jour je tenterai ba chance.

— T'es sûre ?

— Oui. En plus j'ai un court bétrage à réaliser, ça va be prendre tous bes week-ends pendant quelques temps. Nathan est le cadet de bes soucis.

— Alors c'est tout ? s'étonna Sadia. Tu remarques un truc super bizarre, le genre de choses que tu adores, toi la fan de Scooby-Doo, et tu le mets de côté pour la routine ?

— La note sera imbortante, je veux pas be louper. De toute façon, j'ai pas de chien.

— Aucun rapport, me fit remarquer Amélie.

Je terminai mon chocolat puis posai la tasse sur ma commode. Mes yeux se fermaient malgré moi. Je ne savais pas qu'être malade était aussi fatigant. Je comprenais pourquoi les gens n'aimaient pas l'être, à part les asthénéophiles.

Mes amies me virent piquer du nez. Elles se levèrent, rangèrent ma cuisine et me laissèrent me reposer. Dès l'instant où la porte se referma derrière elles, je m'endormis.

**

Nathan – Saint Exorciste
Chevalier de l'ordre de Saint-Jean de Jérusalem

J'étais resté sur mes gardes durant moment, craignant que l'autre fille ne revienne à la charge, même si j'en doutais. Avec la peur que je lui avais flanquée, je n'étais pas prêt de la revoir dans les parages.

À la tombée de la nuit du mercredi, je garai ma moto en bas de chez moi. Tandis que j'enlevai mon casque, une vieille dame hurla en russe depuis l'immeuble voisin. Elle en avait après quelqu'un. Un homme sortit du hall un instant après. Je n'aurais pas prêté attention à la scène si ce que cet inconnu mettait à la poubelle n'était pas si particulier : des souliers plats tissés d'écorce. L'homme surprit mon regard et se fendit d'un sourire contrit.

– Pardon pour le bruit, s'excusa-t-il dans un français marqué par un fort accent russe. Nous venons d'emménager, ma femme, sa mère et moi. Je suis Grigory, ingénieur en aéronautique.

– Nathan, répondis-je en serrant sa main tendue. J'habite au dernier étage de l'immeuble voisin.

– Vous devez avoir une belle vue.

– Très. Votre belle-mère semble vous en vouloir, fis-je remarquer pour amener la conversation sur ce qui m'intéressait.

– Oui. Elle ne veut pas que je me débarrasse de ces souliers à cause de nos légendes. Allez lui faire comprendre que ce ne sont que des histoires.

– Je comprends. En tout cas, si jamais vous avez besoin de quelque chose, n'hésitez pas.

– Merci, c'est gentil. Encore désolé pour le bruit.

– Ce n'est rien.

Il hocha la tête et me tourna le dos. Sans me soucier d'être vu, je pris les souliers avant de monter chez moi. Une fois déchaussé et délesté de mon manteau, de mes gants et de mon casque, j'allai placer ma trouvaille devant le four. Ceci fait, j'ouvris le frigo. Un long soupir dépité passa mes lèvres. Il faudrait que j'aille faire des courses dignes de ce nom, un de ces jours. En attendant, j'attrapai une tranche de jambon de pays que je posai avec un bout de pain sur le plan de travail de la cuisine. Ça devrait faire l'affaire. Mon œuvre accomplie, je m'installai sur le canapé avec la ferme intention de m'abrutir devant la télé. Cela fonctionna tellement bien que je m'assoupis moins d'une minute après.

Je rouvris les yeux presque une heure plus tard. Las, je m'étirai de tout mon long puis éteignis mon écran plat. Avant d'aller me coucher, je retournai à la cuisine : la nourriture avait disparu. Je souris, rassuré.

– Je suis Nathan, me présentai-je. Bienvenue chez toi, mon ami.

Bien que je n'obtinsse aucune réponse, je savais que j'avais été entendu. Je récupérai les souliers que je déposai dans ma réserve puis filai au lit. Je me couchai en éteignant à distance les lumières de mon appartement grâce à mes pouvoirs.

Le noir fut d'abord total, jusqu'à ce que ma vision s'habitue à la pénombre percée par les lumières de la ville.

Je fermai les yeux.

Je ne possédais aucun rideau et ne tirais jamais les volets par peur de ce que l'obscurité pouvait cacher. Je la connaissais, je la côtoyais tous les jours et je savais qu'à cause de ma nature, je n'étais pas à l'abri. Paradoxalement, ce que j'étais m'offrait une protection vis-à-vis de certains ennemis. Mais pas tous. Les Ombres ne me craignaient pas.

L'esprit des gens décédés dans d'atroces souffrances errait sur Terre sous la forme d'ombres noires. Si elles étaient inoffensives pour les humains lambda qui les ignoraient, elles pouvaient se montrer très agressives dès lors qu'on avait conscience de leur existence, comme si notre regard avait pour effet de les attirer. Alors chaque fois que j'éteignais les lumières, je fermais les yeux et priais. Jusqu'à présent, Dieu avait été mon seul allié mais maintenant, un nouveau s'activait sûrement dans la cuisine à cet instant.

La certitude de sa présence amicale et protectrice était ce qu'il m'avait manqué durant ma vie solitaire.

Ma différence m'avait valu d'être rejeté là où ma puissance m'avait permis de trouver un refuge, une cause à embrasser. Malgré tout, personne ne me faisait confiance et en dépit de ma bonne volonté, je restais un monstre aux yeux même de l'Ordre que je servais. Seul Dieu ne m'avait pas abandonné. J'en avais la preuve chaque fois que ma main droite soignait des blessés ou repoussait les démons.

CHAPITRE 7

Nathan – Saint Exorciste
Chevalier de l'ordre de Saint-Jean de Jérusalem

La sonnerie de mon smartphone me tira du sommeil à six heures du matin. J'émergeai avec peine. Mes yeux piquaient tellement que je ne pris pas la peine de regarder le nom de l'appelant avant de décrocher.

— Nathan, marmonnai-je.

— *On m'a rapporté un autre cas de possession*, débita mon interlocuteur d'une voix éraillée.

Père Luc. Il était donc rentré de son pèlerinage en Terre sainte ?

Ce vieux bonhomme me faisait office de chaperon depuis mes dix ans et était mon intermédiaire avec l'Ordre. Je préférais largement traiter avec lui qu'avec l'archevêque de mes deux.

— Où ? demandai-je.

– Centre de la rue Aubert. J'ai dit aux parents que tu ne tarderais pas. Je t'envoie les informations par texto.

– OK. Je me prépare et j'y vais.

Je raccrochai. Je l'adorais mais mieux valait lui rappeler que malgré mon serment de fidélité, je restais plus puissant que tous les Chevaliers réunis. Si certains de ses compères venaient à l'oublier, ils auraient tôt fait de me donner des ordres à tire-larigot et je me ferai bouffer par leur ambition.

J'expirai profondément pour me détendre avant de m'extirper des draps. J'attrapai des vêtements et filai sous la douche. Possession ou pas, j'aimais être propre et si je mettais trop de temps au goût de certains, tant pis. Le démon ne partirait pas tout seul, sinon je ne servirais à rien.

Une fois lavé, séché et habillé, j'allai manger un bout dans la cuisine où les miettes de pain de la veille avaient disparu.

– Tu dors ?

Silence.

J'attendis un peu et m'apprêtais à réitérer ma question quand une voix rocailleuse me répondit :

– J'estoï.

L'accent et le langage étranges me firent pouffer de rire. J'avalai un bout de chocolatine de travers et m'étouffai à moitié.

– Ké oï ?

Je toussai encore.

– Rien, assurai-je une fois ma quinte calmée. Tu t'appelles comment ?

– Tit, oï.

– Titoï ?

– Noï. Tit. Oï.

– Noïtitoï ? répétai-je, taquin.

Un torchon roulé en boule venu de nulle part percuta soudain mon visage, manquant de faire tomber ma viennoiserie sur le sol.

– Té faï spré ! éructa la créature. Stupidoï umaï es cerveï !

Woh, pas commode, le petit. Si j'avais su qu'il avait aussi mauvais caractère, j'aurais réfléchi à deux fois avant de l'accueillir ici.

– Désolé, Tit.

Nouveau silence.

J'entendis gratter derrière le four, puis plus rien. Il devait avoir changé de position.

– Séreï. Moï dormir. Dasvidanoï.

La bouche encore pleine, je me demandai si tous les domovoï finissaient leurs mots par « oï » ? La question serait à poser à la belle-mère de Grigory. En attendant, j'avais un démon à renvoyer en Enfer. Je récupérai ma *crucem nomine* dans ma réserve, passai mon équipement de motard avant de me rendre à l'adresse communiquée par le Père Luc.

Je trouvai sans trop de mal une place dans la rue à sens unique, non loin de la maison de la famille Lejeune. Cette fois aussi, la victime était adolescente. Lola, quinze ans, se comportait étrangement depuis presque une semaine.

Ses parents avaient hésité à faire appel à un exorciste, jusqu'au jour où ils avaient retrouvé leur fille en train de découper le chat en petits morceaux, debout au plafond.

Le portail et la minuscule cour passés, je toquai à la porte. Ce fut une quadragénaire au teint livide qui m'accueillit. Les proches des possédés étaient toujours dans un sale état. Je me présentai. La femme, Denise, me laissa à peine terminer. Elle me pressa de la suivre à l'étage.

— Le prêtre vous a dit de l'attacher ?

— Oui, mais nous n'avons pas pu rentrer dans la chambre, gémit-elle, au bord de la crise de nerfs.

Au premier, Laurent, le père, attendait devant la porte de sa fille, l'air abattu.

— Je vais m'en occuper. Vous pouvez m'attendre en bas.

— On reste, affirma Laurent.

S'il y avait bien une chose dont j'avais horreur, c'était qu'on doute du bien fondé de mes ordres. Je me tournai vers lui et le toisai de toute ma hauteur. Il se retrouva écrasé par mon aura, au point que la peur passa dans ses yeux.

— Je vous appellerai quand j'aurai terminé.

Le couple échangea un regard. D'un signe de tête discret, Denise ordonna à son mari de la suivre, ce qu'il finit par faire. J'attendis qu'ils aient disparu de mon champ de vision pour focaliser mon attention sur la porte. Je m'apprêtais à l'ouvrir quand une violente odeur de mort me mit mal à l'aise.

Ce cas n'était pas comme les autres.

Je baissai la poignée. Le battant glissa sur ses gonds sans la moindre résistance, signe que le démon pensait pouvoir me tuer. Soit il était prétentieux, soit il était puissant. Si je ne voulais pas avoir de mauvaise surprise, mieux valait partir sur la deuxième hypothèse.

Comme pour Laëtitia, la chambre dans laquelle je pénétrai était plongée dans une pénombre importante en raison des doubles rideaux aux fenêtres. Je balayai la pièce des yeux à la recherche de Lola.

Si je ne parvenais pas à la voir, j'entendais sa respiration sifflante. Sans geste brusque, je glissai la main dans la poche de mon manteau et sortis ma *crucis*. Fermement bloquée entre mes doigts, elle augmenterait mes chances de succès.

La porte claqua derrière moi et le mal empoisonna toute la chambre. Je sentais son odeur fétide s'incruster jusque dans ma chair.

J'entendais toujours la respiration difficile. Le souffle de l'adolescente était modifié par le démon : il était plus grave. Beaucoup plus grave.

— Monstre, siffla Lola.

— Montre-toi, intimai-je.

— Bâtard, fils renié, enfant de salope chrétienne !

La colère me submergea. Ma main gauche me brûlait tandis que mon bracelet pulsait d'excitation : il réclamait du sang.

Je tournai sur moi-même en détaillant chaque recoin de la chambre. Les portes du dressing étaient ouvertes, le lit défait, le bureau renversé et son contenu étalé sur le parquet poussiéreux.

Où était-elle ?

J'entendis remuer, puis des ongles griffèrent les lames du plancher, sous le lit. Avec prudence, je fis un pas dans sa direction et m'accroupis.

La gamine rampa vers moi à une vitesse inouïe. Elle me sauta dessus avant que j'ai pu reculer, et je me retrouvai sous elle, le visage à quelques millimètres du sien verdâtre. Son haleine putride faillit me soulever le cœur quand elle me grogna dessus. J'attrapai sa tête de ma main gauche et donnai une impulsion choc. L'arrière de son crâne explosa. Son hurlement me vrilla les tympans mais m'offrit l'occasion de la repousser. La possédée hurlait toujours, démente, en ramassant ses bouts d'os pour les recoller.

Je l'attrapai par les cheveux et frappai sa tête sur le sol pour l'assommer un peu, puis je la traînai là où sa cervelle gisait afin de permettre sa régénération. Si je chassais le démon avant, Lola mourrait.

La gamine se débattait, hurlait, griffait et crachait mais ma prise sur sa chevelure ne souffrait aucune faiblesse.

– Arrête de bouger, enfoirée, grognai-je en la retournant.

Ses lèvres se rétractèrent sur sa dentition pourrie. Je bloquai ma respiration au risque de lui vomir dessus. Sans attendre, je plaquai ma *crucis* sur sa poitrine dénudée par notre lutte.

« Zozo », me chuchota une voix intérieure.

Je le tenais !

Mon esprit matérialisa un pentagramme incandescent sous le démon qui me griffait les bras. Il me les aurait déchiquetés sans mon manteau renforcé.

– Au nom du Père, du Fils, et du Saint Esprit, retire-toi par la foi, Zozo !

Le démon hurla.

– Amen.

Le parquet se fissura dans un craquement sourd. Un geyser bouillant de soufre me sauta au visage quand un passage vers l'Enfer s'ouvrit. Les hurlements d'agonie des condamnés faisaient trembler la maison sur sa base. Des bras décharnés saisirent le démon, l'arrachèrent à l'enveloppe charnelle de la gamine, et l'attirèrent vers un feu infernal dont la chaleur me brûlait presque vif. Zozo se débattait, s'accrochant aux bords de la faille pour ne pas être emporté.

– L'heure viendra bientôt, petit pédé, où nous t'enculerons toi et tes putains d'humains !

– Ta gueule !

L'explosion de mon aura lui brisa les bras. L'Enfer l'engloutit, puis la faille se referma.

Une douleur atroce irradia d'un coup ma colonne vertébrale. Je fus pris de spasmes violents qui me coupèrent la respiration. Je tombai sur le sol en essayant de calmer la virulence du choc en retour.

C'était pas normal. Pas aussi vite. Pas aussi fort.

Mon corps convulsa, m'ôtant l'usage de tous mes sens. Un poids immense compressa ma poitrine alors que mon cœur frôlait la tachycardie. La pression dans mes veines augmenta avec fulgurance. Mon organe ne tiendrait jamais la cadence.

Dans le chaos de mon esprit endolori, les voix des Ombres s'élevèrent, s'enroulèrent autour de mon âme. J'entendais leurs rires ignobles.

Je ramenai mes bras tremblants vers mon torse. Avec peine, je réussis à poser ma main droite sur mon cœur et, dans un effort qui me coûta mes dernières forces, à envoyer une impulsion divine qui me projeta avec violence contre le mur. Je laissai échapper un gémissement étouffé à l'instant où mon cœur retrouva un rythme normal.

Petit à petit, ma pression artérielle chuta, mes sens revinrent. De nouveau lourd comme du plomb, mon bracelet glissa jusqu'à ma bouche et but tout le sang qui en coulait.

Je restai allongé là de longues minutes, à attendre que mes muscles daignent se remettre en marche.

On toqua à la porte.

– Nathan, tout va bien ?

La voix inquiète de Laurent me parut lointaine, pourtant elle m'aida à fixer un point dans la réalité. Mon esprit retrouva pied pour de bon. Je me relevai avec difficulté, haletant, et je parvins à lui ouvrir. L'exclamation affolée de Denise ne me rassura pas sur mon aspect général.

– Lola va bien, m'empressai-je de dire avant qu'elle n'associe mon état à celui de sa fille. Elle va dormir jusqu'à demain, ne vous inquiétez pas.

Laurent me contourna afin de s'occuper de sa fille encore allongée à même le sol, inconsciente. Denise, elle, me prit doucement par la main.

– Venez.

Je n'étais pas capable de réfléchir, je la suivis donc sans poser de question. Elle m'amena à la salle de bain où je croisai mon reflet. De mon nez, de ma bouche asséchée et de mes yeux rougis avait coulé une quantité importante d'hémoglobine. Autour de mes orbites et sur mes tempes, des vaisseaux sanguins explosés constellaient ma peau d'une myriade de petits points rouges. Qu'est-ce qu'il s'était passé ? Zozo était un démon mineur, il n'aurait jamais dû être capable de m'infliger de tels dégâts.

Je m'assis sur le rebord de la baignoire et laissai la maîtresse de maison me soigner.

– C'est toujours comme ça ? osa-t-elle demander après un silence.

– Non. C'est la première fois.

– Et… c'est fini ?

– Lola n'a plus rien à craindre, assurai-je au moment où Laurent nous rejoignait.

– Et nous ? demanda l'homme.

– Je vais bénir la maison.

Denise prit mon visage en coupe. Elle s'appliqua tant à ne pas me blesser que ses mains me firent l'effet d'une caresse printanière. Ses yeux d'un bleu limpide capturèrent mon regard, et je crus rêver celui de ma mère. Ma gorge se serra.

– Est-ce que vous voulez qu'on vous ramène ? proposa-t-elle.

– C'est gentil mais j'ai ma moto.

– Ce n'est pas prudent, argumenta Laurent.

– Je n'habite pas loin, je ferai attention.

Ils se regardèrent sans rien dire. Ils n'avaient de toute manière aucun droit de m'empêcher de partir. Ce que je fis d'ailleurs sur-le-champ. Je me levai avec précaution pour ne pas chanceler. Pas après pas, je marchai vers la sortie tout en bénissant la maison.

Je n'étais pas très concentré, j'espérai que ça ferait l'affaire. Je récupérai mon casque à l'entrée. Ce fut à ce moment que je vis les manches de mon manteau déchiquetées. Il me faudrait en racheter un.

La journée s'annonçait merdique.

CHAPITRE 8

Donna – Étudiante en plein travail

L'œil collé au viseur de la caméra apportée par Dylan, le preneur de son du groupe, je fis un panoramique de la chambre d'une ancienne maison de retraite située en périphérie de Toulouse, dans un coin réputé pour être le rendez-vous du plaisir entre hommes. Je n'étais pas allée vérifier ce point-là et je n'en avais pas l'intention. La seule chose qui m'intéressait, c'était mes tests de prises de vue.

Une fois mon panoramique en poche, je fis un joli *traveling* pour sortir de la pièce et suivre le couloir aux murs tagués. Azzam, futur monteur, me guidait afin de m'empêcher de me prendre quelque chose dans les pattes. À défaut de posséder une *steadycam* ou des rails, le secret pour obtenir un *traveling* pas trop tremblant était d'avancer en gardant les jambes légèrement fléchies pour une démarche plus souple.

C'était fou les astuces qu'on trouvait pour pallier le manque de matériel !

Azzam tira sur mon manteau, signe que l'heure de rentrer approchait. J'éteignis la caméra avant de regarder dehors : la nuit tombait. Mon camarade et moi retournâmes auprès de Dylan, Julie, notre responsable lumière et Thibault, notre scénariste.

– On est bon ? demanda ce dernier.

Nous approuvâmes de concert et remballâmes l'équipement. Dehors, il fallut tout ranger dans le monospace de Dylan. Je saluai mes camarades avant de monter avec lui puisque je n'avais pas le permis de conduire.

Deux heures plus tard, une fois nourrie, en pyjama et confortablement installée au chaud sous ma couette, j'allai sur les réseaux sociaux.

Photos de chats, vidéos de chats, rumeurs sur Star Wars VIII, gifs de chats et oh ! des photos de renards ! Bah tiens, ça changeait !

Entre tous ces posts « chat-rmant », il y avait tout de même des actualités cinématographiques sympas, mais rien de transcendant.

Ah ! Michaël, un camarade de lycée plus âgé avec lequel j'avais gardé contact, venait de signer un CDI dans le magasin de bricolage où il était cariste. Cela me fit penser au meuble pourri de mon évier. Je devais inviter Michaël afin qu'il y jette un œil en échange d'une raclette. Il adorait ça ! Et puisqu'il était beau à se damner, mon grand blond, on prendrait un *selfie* ensemble pour que je puisse me la péter devant Amélie et Sadia.

Moi, avoir envie de prouver que je connaissais aussi des beaux mecs ? Nooon ! À peine.

Je lui laissai un message de félicitations, puis j'éteignis mon ordinateur portable. Au moment où je le posais par terre, mon smartphone sonna, annonçant l'arrivée d'un nouveau message. Une légère pression sur l'écran tactile ouvrit le MMS de Dylan :

Écoute ça, c'est super flippant. Je l'ai trouvé sur ma bande son d'aujourd'hui :-o}

Une autre pression lança l'enregistrement audio joint.

J'entendis d'abord des grésillements, comme si quelque chose faisait interférence. En gros, c'était du bruit.

« *Ils viennent.* »

La voix spectrale d'un homme me ficha la chair de poule. Mais la peur que je sentis poindre n'était rien en comparaison de ce qui arrivait.

« *La marque... les libère... de l'Enfer. Le Saint chevalier... doit... veiller... Donna.* »

L'effroi me tira des larmes incontrôlées. Je lâchai mon téléphone.

– Putain !

C'était de la transcommunication !

Je me levai de mon lit et rallumai toutes les lumières par crainte de voir apparaître le propriétaire de cette voix dans mon appartement.

L'image d'un homme au visage dévoré par les vers me sauta aux yeux. Je la chassai en reportant mon attention sur le téléphone. Depuis mon accrochage avec Nathan, j'avais l'impression viscérale que toutes les histoires de fantômes étaient plus vraies que jamais, et que ma rencontre avec lui avait réveillé quelque chose.

J'avais besoin d'en parler. Toute tremblante, j'appelai Dylan. Il décrocha tout de suite.

— *Tu as entendu ?* fut sa première question.

— Oui, mais t'aurais pu attendre demain matin pour me l'envoyer ! répliquai-je, en colère.

Je fulminais en piétinant car je savais que je n'arriverai pas à fermer l'œil de la nuit.

— *Je pensais que t'apprécierais, Scooby-Doo*, se justifia-t-il d'une voix désolée. *Tu as peur ?*

— D'un truc qui ressemble à un fantôme hantant un lieu qui n'a absolument aucun rapport avec moi et qui prononce mon prénom dans une phrase laissant supposer que des choses sortent de l'Enfer ? débitai-je sans reprendre mon souffle. Bien sûr que je flippe ! Je te rappelle que Scooby-Doo n'est pas le plus courageux de la bande !

Je tremblais tant de peur et de rage que je peinais à tenir mon portable.

— Ça ne peut pas être un défaut ou un trucage ? tentai-je. T'as peut-être capté une onde par hasard ?

— *Non, ce qui a dit ça était dans la même pièce que nous.*

Cette fois, je pleurai pour de bon. Je ne savais pas quoi faire. J'étais terrifiée à l'idée de rester toute seule mais je ne voulais pas embêter Sadia et Amélie, elles me poseraient trop de questions.

— *Donna, tu veux que je vienne te chercher ?* proposa Dylan après m'avoir entendu renifler.

— Ça te dérange pas ?

— *Non. J'arrive.*

— Merci.

Il raccrocha. Ce mec était adorable. On n'était qu'un groupe de travail mais on avait collaboré sur pas mal de projets ensemble, on avait tous appris à s'apprécier. Je n'aurais pourtant jamais pensé que l'un d'eux se soucierait autant de moi. Je souris. Cette partie de ma réalité me permit de reprendre le contrôle de mon cœur affolé.

Un peu rassérénée, je préparai un sac avec des vêtements ainsi qu'une trousse de toilette. J'enfilai mes chaussures sans prendre la peine de me changer et me couvris, parée à affronter le froid de la nuit. Fin prête, j'éteignis toutes les lumières et attendis mon chauffeur dans le hall gelé de mon immeuble. Lorsque j'entendis un véhicule s'arrêter devant la porte, je sortis et sautai dans la voiture de mon camarade.

— Je suis vraiment désolé, Donna, s'excusa-t-il encore.

— C'est rien, le rassurai-je. On va dire que puisque tu as été obligé de venir me chercher et que tu vas me supporter toute la soirée, on est quitte.

— Ça marche, approuva-t-il en redémarrant.

Le trajet jusqu'à chez lui dura quinze minutes durant lesquelles nous essayâmes de trouver une explication plausible à ce que nous avions entendu. Si Dylan ne croyait pas aux fantômes en tant qu'êtres surnaturels, il ne rejetait pas l'idée que leur existence pourrait être un jour prouvée de manière scientifique. Cette façon de penser ne le rendait donc pas enclin à la peur face à une manifestation de ce genre, bien que ce fût une première pour lui. Pour moi aussi, d'ailleurs. Sauf que dans mon cas, c'était la partie irrationnelle de mon esprit qui prenait le dessus et j'étais morte de trouille.

Une fois chez Dylan, je le suis dans le T4 qu'il partageait avec deux colocataires actuellement enfermés dans leur chambre respective.

– Je te proposerai bien le canapé, me dit Dylan en fermant la porte de sa chambre, mais il est encore moins confortable que le carrelage.

– On va dormir ensemble ? percutai-je.

– Je t'aime bien mais pas assez pour passer la nuit à même le sol. Par contre, je ne te retiens pas de le faire, ajouta-t-il en me tournant le dos.

Je me rinçai l'œil quand il enleva son tee-shirt. Consciente que je le reluquais, je me sentis rougir. Pour chasser mon malaise, je me réfugiai sous les draps, dos à lui, et remontai la couette jusqu'à mon oreille.

Je le sentis s'allonger un instant après, puis la lumière s'éteignit.

Le calme qui tomba m'angoissa. Mon imagination me fit visualiser un revenant s'approcher de moi, prêt à me saisir à la gorge pour m'étrangler.

Inconsciemment, je cherchai la présence de Dylan. Entendre sa respiration régulière me rassura un peu.

– Ça va aller ? me demanda sa voix basse.

– On peut allumer une lampe ?

– Je ne vais pas réussir à dormir. Et si je me rapproche ?

– On essaie.

La chaleur dans mon dos augmenta quand il se colla presque contre moi. Avec un autre garçon, je me serais crispée. Je n'aurais même pas accepté de venir, à dire vrai. Avec Dylan, j'avais seulement envie qu'il se rapproche plus près.

– Tu peux plus près ? quémandai-je.

Il hésita, avant de me prendre avec précaution dans ses bras. Surprise, je sursautai légèrement, ce qui le fit rire.

– Relax, je vais pas te bouffer.

– Désclée. Je suis un peu à cran.

– Ça va aller. Essaie de dormir, ça ira mieux demain.

Son souffle chaud sur ma peau me fit frissonner. Je me calai contre son torse. Son cœur battait jusque dans mes veines. Ma respiration se calqua sur la sienne tandis que je savourais sa chaleur dans le creux de mon cou. J'étais tellement bien, couchée là dans ses draps, que je repliai mes bras sur les siens pour permettre à mes doigts de goûter au grain de sa peau.

La présence de Dylan occulta mes peurs. Avant que j'en comprenne la vraie raison, je m'endormis.

CHAPITRE 9

Nathan – Saint Exorciste
Chevalier de l'ordre de Saint-Jean de Jérusalem

Je me réveillai en sursaut, le cœur cognant contre mes côtes. Dans la pénombre, il me fallut de longues secondes pour remettre mes idées en place malgré un mal de tête redoutable. En dépit de ma vue floue, je reconnus mon appartement, puis le canapé sur lequel j'avais dû m'écrouler en rentrant. L'éclairage nocturne de la ville filtrait par les grandes fenêtres en demi-lune, m'offrant un faux espoir de sécurité.

Je me rappelai ensuite l'exorcisme de Zozo et l'état pitoyable dans lequel il m'avait laissé. Je ne me souvenais même pas du trajet de retour, ni d'être monté dans l'ascenseur pour arriver jusqu'ici.

J'étais fatigué.

Je fermai les yeux, inspirai pour me détendre mais je le regrettai aussitôt car ce fut comme si on me tordait les entrailles de l'intérieur. J'expirai avec précaution pour minimiser la douleur, ce qui fonctionna plutôt bien. Privé de ma vue, j'écoutais le silence. Petit à petit, le tic-tac de la pendule du salon se fit entendre, puis le murmure de la ville, des frottements sur le parquet… et des gémissements d'agonie.

J'ouvris les yeux : une silhouette noire était penchée au-dessus de moi. Je sursautai avant de tenter de la dégager, mais l'Ombre compressait ma cage thoracique dans l'espoir de la briser. La pression me coupa la respiration et m'empêcha de crier. De toute façon, qui m'aurait aidé ?

Je voulus repousser mon assaillant mais une autre Ombre agrippa mon bras gauche et le tira vers le sol. En porte-à-faux sur le canapé, il se briserait si l'Ombre forçait encore.

Les os de ma poitrine commençaient à craquer, et moi à suffoquer. Un *Notre Père* tournait en boucle dans ma tête pour insuffler une force divine à ma main droite encore libre. Dès que je la sentis prête, je frappai l'Ombre au-dessus de moi. La décharge claqua comme un éclair, éloignant tous mes ennemis d'un coup.

Pour combien de temps ?

Je devais me mettre à l'abri.

Je roulai sur le côté pour me retrouver à quatre pattes par terre. Ma poitrine me faisait tellement mal que je peinais à me relever autant qu'à respirer. Mes poumons brûlaient. À moitié conscient à cause des séquelles de l'exorcisme et du manque d'oxygène, je me traînai en direction des grandes fenêtres. Les Ombres n'aimaient pas la lumière. Elles ne devraient même pas être ici. C'était pas logique. C'était pas possible.

Mon état de stress important n'aida pas mon organisme à gérer, au contraire. Des vertiges me firent perdre l'équilibre.

Je m'écroulai au sol.

Les frottements revinrent, plus nombreux. Je rampai jusqu'aux fenêtres quand les Ombres me saisirent aux chevilles. Mon cri de douleur emplit toute la pièce. Je sentis alors une pression douloureuse sur mon dos. Du sang chaud remonta le long de ma trachée et coula par ma bouche. À mon poignet droit, mon bracelet vibrait de joie. Ses runes crépitaient dans un bruit blanc presque apaisant au milieu du vacarme des rires ignobles : il était sur le point d'obtenir une nouvelle chance.

La tête me tourna. Je sursautai à peine en sentant mes côtes flottantes se briser. Je n'étais plus tout à fait conscient, pourtant j'entendis une voix familière briser les espoirs des âmes damnées.

– Vast dombroï ! tonna Tit.

Vu le boucan qui me parvint, il devait être en train de vider le contenu de tous mes placards sur les Ombres mais le plus étonnant, ce fut qu'elles prirent peur.

– Spéce dé nassoï ! Vast o diablos ! Vast-vast-vast-vast-vaaaaast !

La douleur à mes chevilles et le poids sur mon dos disparurent aussitôt.

Le calme tomba comme une enclume.

Parmi le flou que je distinguais encore, je vis une petite silhouette trapue avancer vers moi avec une démarche proche de celle d'un singe. Une large main se posa sur ma tête.

– Dodo, Nathanoï. Tit veille... Mon ami.

La chaleur de sa paume se diffusa doucement dans tout mon corps. Je sombrai dans l'inconscience.

J'ouvris les yeux dans un sursaut. La barre de douleur qui me frappa aussitôt au milieu du dos m'arracha un long râle de souffrance.

Je m'employai à respirer lentement pour calmer le mal. Mes esprits me revinrent en même temps que le souvenir de l'agression des Ombres. Comment avaient-elles fait pour m'attaquer ? Depuis quand étaient-elles aussi fortes ?

Je rejetai ces questions dans les tréfonds de ma mémoire : j'y penserai après, sous la douche. Je me sentais sale, je puais le sang.

J'embrasser la pièce du regard. J'étais allongé sur le sol de la cuisine. Comme Tit n'avait pas pu me ramener jusqu'à ma chambre, il était allé chercher mon oreiller et une couverture.

Après plusieurs tentatives infructueuses, je parvins à m'asseoir. Tit l'avait enlevé mon pull et mon tee-shirt pour soigner mes blessures. Un *strapping* enserrait même mon tronc au niveau des côtes cassées, cachant ainsi une partie de l'immense scorpion dont la tête était tatouée sur mon flanc droit et dont la queue remontait dans mon dos.

J'adorais ce tatouage en particulier. Il avait été le deuxième que les Hospitaliers m'avaient autorisé à me faire faire, le premier étant une croix de l'Ordre sous chaque clavicule, le tout dans un effet vieille pierre en 3D. Entre les deux, notre devise apparaissait en latin, dans une magnifique écriture calligraphiée : *Tuitio Fidei et Obsequium Pauperum* – Défense de la Foi et Assistance aux Pauvres. Quelle hypocrisie. La branche que je servais était plus soucieuse de son confort et de sa survie que du sort des pauvres.

Foutue vie…

Pour couronner le tout, j'avais un mal de tête affreux. Je me massai les tempes. Sans faire disparaître la douleur, cela l'apaisa. Dès que je me sentis prêt à me lever, je fis un essai. Même si ce fut laborieux, je parvins à tenir sur mes deux jambes ; mais je soufflais comme un bœuf. Je m'appuyai au plan de travail pour tenter de reprendre le contrôle de ma respiration.

– Tit, ca va ?

Il était presque cinq heures trente du matin, il ne devait pas être encore endormi.

J'entendis remuer derrière le four, puis plus rien.

– Oï. Dombroï nassoï vast. Moï soïne toï.

– J'ai vu que tu m'avais soigné. Merci beaucoup. Je n'aurais pas survécu sans toi, l'exorcisme m'avait vidé. Au fait, tu as mangé ?

– Noï. Toï dodo.

Les esprits des maisons n'avaient pas le droit de se servir à manger seuls puisque la nourriture était rapportée par les humains. Ils devaient donc attendre qu'on leur dépose leur part.

J'allai au frigo en grimaçant de douleur à chaque pas. Tout en piochant dedans, je m'interrogeais sur la meilleure manière d'aller chez le médecin. S'il n'y avait eu que les côtes cassées, j'aurais pu tenter d'y aller par mes propres moyens, mais à ça s'ajoutaient toutes les séquelles de l'exorcisme de Zozo. Prendre la moto était trop risqué. Appeler un ami était hors de question, je n'en avais pas. Je connaissais beaucoup de monde susceptible de me dépanner de bon cœur, mais personne ne savait pour ma particularité et les questions seraient plus dérangeantes qu'autre chose. Pas le choix, je prendrai un taxi.

Je revins vers le four les mains remplies de charcuterie, de fromage et de pain que je posai sur le plan de travail. Une pomme verte les rejoignit.

– Je vais me doucher et après je sortirai. Bon appétit.

– Spasiboï.

Je montai à ma chambre. L'ascension de l'escalier fut tellement longue que je me serais presque ennuyé si je n'avais pas eu autant mal partout.

Sous la douche, je récapitulai mentalement ce qui m'était arrivé. Deux choses me dérangeaient en particulier : que Zozo ait pu autant me blesser et que les Ombres aient gagné en puissance. L'hypothèse d'un lien entre les deux événements me paraissait plus que probable, car démons mineurs comme Ombres étaient sensibles à l'activité des démons majeurs. Plus ces derniers se rapprochaient de la frontière avec le monde vivant, plus les êtres gravitant autour d'eux devenaient dangereux afin d'assister leurs souverains dans l'expectative de leur invasion.

Qu'est-ce qui se cachait derrière tout ça ?

Un démon ? Plusieurs ? Des sorcières ? Des satanistes ? Était-ce lié à l'alignement des planètes ? À un élément géographique ?

Il y avait tant de possibilités que sans informations supplémentaires, je risquais de tourner en rond un sacré moment.

Une seule chose était sûre : si quelque chose d'autre devait arriver dans l'immédiat, mon corps ne tiendrait pas le coup. J'avais beau pouvoir guérir les autres, j'étais incapable de le faire pour moi et la médecine traditionnelle n'était pas assez efficace pour me retaper assez vite.

À cette pensée, une idée me frappa.

Je devais aller dans ma réserve avant de partir.

Chapitre 10

Nathan – Saint Exorciste
Chevalier de l'ordre de Saint-Jean de Jérusalem

La voiture me déposa devant la boutique de Virginie, la sorcière à qui j'avais confisqué ses fioles de digitaline. J'avais mis des lunettes de soleil pour cacher l'état de mes yeux tandis que mon écharpe remontée jusqu'à mon nez dissimulait mes lèvres meurtries. Si la boutique était pleine lors de ma dernière visite, aujourd'hui il n'y avait pas foule. Je trouvai sans mal la patronne qui me fusilla du regard.

– Qu'est-ce que j'ai fait, cette fois ? demanda-t-elle sèchement.

– Rien. On peut parler en bas ?

Elle me toisa, méfiante.

– Pourquoi ? Vous voulez fouiller l'intégralité de ma réserve ?

– Soit tu acceptes, soit tu refuses, mais ne me fais pas perdre mon temps, répliquai-je, la mâchoire crispée par l'énervement.

Elle hésita encore avant d'accepter. Je la suivis dans son antre où une potion était en préparation.

– Qu'est-ce que c'est ? demandai-je en examinant le liquide vert fort peu engageant.

– Une potion pour faciliter la digestion, répondit-elle dans mon dos. L'une de mes clientes est souffrante. Alors, que puis-je faire pour vous ?

J'enlevai lunettes et écharpe puis me tournai vers elle. Elle porta une main à sa bouche dans une vaine tentative pour retenir son exclamation choquée.

– J'ai besoin de soins.

– Je vois ça, oui. Qu'est-ce qui s'est passé ?

Pendant que je lui résumais la situation, elle s'approcha et m'examina. Une fois mon explication terminée, elle accrocha son regard au mien :

– Ça dépasse mes compétences. Je pense pouvoir vous concocter une potion pour ressouder vos côtes et peut-être soigner le visage. Mais sans connaître l'étendue des dégâts internes, je ne peux rien faire. Il faudrait des bilans sanguins, des échographies et une IRM, au moins.

– Mes organes et mon cerveau peuvent être touchés ?

– Sans que cela soit grave, je pense en effet qu'il doit y avoir des séquelles dues à l'exorcisme. Je...

Elle fouilla dans sa grande armoire en merisier et me donna un flacon.

– Buvez ça, intima-t-elle. Ça soignera vos yeux et votre bouche.

Je débouchai la fiole et reniflai l'odeur pour m'assurer que ce n'était aucune des potions mortelles que j'avais appris à identifier. Rassuré, je bus cul-sec. Quand le liquide pâteux libéra ses arômes acides, je grimaçai.

– Revenez dimanche matin, me dit Virginie en me prenant le flacon des mains. Je vous donnerai une potion pour renforcer vos organes et accélérer la guérison de vos os. Maintenant, partez, j'ai du travail.

J'attrapai sa main et y logeai une fiole de digitaline sous son regard surpris. Je savais être reconnaissant.

– Ça ne fait pas un mois.

Je ne répondis rien et m'en allai, lui laissant le loisir d'interpréter mon geste comme elle le voudrait. J'avais beau avoir appris à être dur dans mon métier, ça ne reflétait pourtant pas ma nature véritable plus proche de l'enseignement charitable et altruiste qui m'avait été dispensé.

Je remontai lentement l'escalier jusqu'à l'arrière-boutique. Si Virginie pouvait réparer mes côtes, ce n'était pas la peine pour moi d'aller chez le médecin. Je gagnerai plus à aller me reposer dans mon lit puisque dès la nuit tombée, je squatterai devant le four de Tit. Il était le seul à pouvoir me protéger des Ombres.

**

Une sonnerie me réveilla à six heures du matin. Frustrée d'être ainsi tirée de mes rêves, je grognai en m'étirant de tout mon long, le dos collé à Dylan qui émergeait doucement.

Je l'entendis geindre en se décalant. Je me tournai vers lui.

– Qu'est-ce qu'il y a ? m'enquis-je.

– J'ai le bras engourdi.

– C'est ça de vouloir jouer les hommes rassurants.

Il sourit en se couchant sur le dos.

– T'as bien dormi ? demanda-t-il.

– Comme un bébé !

– Alors on peut en parler ?

– De quoi ?

– Du message que ton pote t'a envoyé *via* trans-communication.

Je fis la moue, il rit. J'aurais imaginé un autre sujet de conversation au réveil, du genre : « Tu es si belle, Donna, que j'ai passé la nuit à te regarder dormir »… Ou pas, en fait. Ces mecs ne devaient pas être bien dans leur tête. Ou insomniaques. Mais dans ce cas, ils devaient trouver mieux à faire que regarder une femme baver sur l'oreiller.

Un doute m'envahit soudain : j'avais pas bavé, quand même ?

– Alors, on en parle, Donna ?

– Si tu veux, répondis-je en tâtant discrètement les endroits où ma bouche avait été susceptible de se trouver cette nuit.

Rien. Ouf !

– À ton avis, il parlait de quoi en disant que la marque les libérait ?

– Je sais pas.

– Ça te dit rien ? s'étonna-t-il.

– Ce n'est pas parce que ce truc a prononcé mon nom que je comprends son charabia.

– S'il t'a nommée c'est qu'il doit y avoir une raison. Tu sais peut-être qui est le Saint chevalier ?

– No…

Je m'interrompis, soudain incertaine. Une minute. Pourquoi l'image de Nathan venait-elle de s'imposer à moi, là tout de suite ?

Était-ce une coïncidence si un fantôme entrait en contact quatre jours seulement après mon accrochage avec ce type alors que rien d'étrange ne m'était jamais arrivé dans ma vie ?

OK. Non, ce n'était pas une coïncidence. On devait m'avoir délivré ce message pour que je le transmette à Nathan, sans doute parce que le fantôme n'était pas en mesure de le faire lui-même.

Dans ce cas… ça voudrait dire qu'il me faudrait revoir Nathan ?!

La panique me gagna à cette idée. Et si c'était pas lui, le chevalier ? Il allait me prendre pour une folle !

Dylan attendait patiemment que je finisse de sonder mon esprit. Je vis un sourire moqueur se dessiner sur ses lèvres devant mon air affolé.

– Je paierais cher pour être dans ta tête, avoua-t-il.

– Tu demanderais à être remboursé, assurai-je. N'empêche, tu as raison : je pense savoir à quoi fait référence le Saint chevalier.

– À quoi ?

– Barbie Girl !

– Hein ?

– Ben c'est pas Aqua qui chante *Barbie Girl* ?

Dylan partit dans un fou rire. Je m'accoudai sur le matelas et calai ma tête sur mes mains pour profiter de son sourire craquant.

La vie était étrange. Jusqu'à hier, je ne voyais Dylan que comme un camarade au charme redoutable mais avec lequel je n'avais jamais imaginé qu'il pourrait arriver quelque chose – justement parce qu'il était mignon. Puis il y avait eu cette voix flippante, alors j'avais compris que Dylan m'appréciait assez pour venir me chercher en plein milieu de la nuit. Mon imagination s'était emballée et ce matin, mon cœur se gonflait de joie rien qu'à l'écoute de son rire musical.

Perdrai-je de l'intérêt à ses yeux si je lui avouais qu'il m'attirait ? La réponse me fit peur.

Mieux valait ne pas demander la lune. La vue du firmament suffirait.

Dylan reprit son souffle sous mon regard attendri. Sans doute ne le remarqua-t-il pas car il reprit :

– Sans déc', ça fait référence à qui, le chevalier ?

– C'est un secret !

Il plissa les yeux, suspicieux.

– Tu m'intrigues.

J'affichai un grand sourire avant de me lever d'un bond et d'attraper ma trousse de toilette.

– Tu me montres ta salle de bain ?

Il me fixa, soudain sérieux. Debout face à lui, j'avais l'impression d'être mise à nu par ses iris noisette. S'il n'arrêtait pas, je me retrouverai à rougir comme une tomate. Il se leva sans détourner le regard de mon visage. Lorsqu'il s'arrêta à quelques centimètres de moi, mon cœur doubla de cadence.

– Suis-moi, m'invita-t-il d'une voix grondante.

Mon bas-ventre s'agita un peu trop, et si les sons n'étaient pas restés bloqués sur le seuil de mes lèvres, je lui aurais promis que je le suivrai n'importe où. Au lieu de ça, je le laissai me guider dans le couloir.

CHAPITRE 11

Donna – Étudiante fauchée

J'avais passé le vendredi avec Dylan, Julie, Azzam et Thibault à bosser sur notre court métrage de Thriller. Nous avions terminé le découpage technique, puis nous avions repassé nos premières prises de vue pour voir si le rendu nous satisfaisait. La bande son avait été nettoyée, le fantôme effacé. Dylan n'avait pas redemandé des infos sur le Saint chevalier, c'était tant mieux. Je ne me sentais pas la force d'esquiver à chaque fois.

Le soir, nous nous étions quittés sans que rien dans les gestes de Dylan ou dans sa façon d'être ne trahisse une envie de rester avec moi. Je rentrai donc avec un pincement au cœur mais certaine que la vie m'offrirait mes chances. Le moment venu.

Le samedi matin, on toqua à ma porte. Il ne me fallut pas longtemps – ni trop de pas – pour aller de mon lit de travail à ma porte. Je déverrouillai le pêne toujours branlant et ouvris. Mon cœur bondit dans ma poitrine lorsque je vis Michaël. Je lui sautai littéralement au cou puisque mon mètre soixante-cinq n'était pas de taille face à son mètre quatre-vingts. Sa carrure solide et ses larges épaules plièrent à peine sous mon poids.

– Je suis super contente de te voir ! me pâmai-je.

– C'est clair que ça fait plaisir, me retourna-t-il en déposant un baiser sur ma joue.

J'adorais son timbre de voix ! Il montait un peu dans les aigus tout en conservant une chaleur incroyable. Je ne connaissais aucun son plus agréable que celui-là.

À part le rire de Dylan.

Je fis entrer mon invité en m'étonnant de l'absence de sa compagne. Elle avait un cours de danse.

– Elle a failli annuler pour venir avec moi, renseigna-t-il en examinant mon meuble d'évier. Ça sert à rien que je le répare, il est mort. Demande à ta proprio de le changer.

– D'accord. Mais pourquoi Clara voulait venir ? Elle est si pressée de me rencontrer ?

Michaël se redressa.

– Non, elle voulait me surveiller. Tu comprends, un mec, une meuf, l'excuse du meuble abîmé...

Je ris aux éclats. Michaël ne se vexa pas, au contraire, l'idée lui paraissait aussi stupide qu'à moi. Il était plus âgé de trois ans puisqu'il redoublait sa Terminale quand nous nous étions rencontrés.

J'avais toujours vu en lui une figure fraternelle protectrice. Hélas, à cause de mes études et de sa vie bien remplie entre son boulot, ses soirées et Clara, nos chemins s'étaient un peu séparés.

– Au fait, félicitations pour ton CDI !

– Merci ! Pour fêter ça je déménage fin de semaine prochaine.

– Où ? Tu emménages avec Clara ?

– Non, elle est bien où elle est. Je me suis trouvé un T2 rue Dalayrac, du côté des avenues Jean Jaurès.

Je pris un instant pour reconstituer mentalement le plan de Toulouse.

– Du coup tu te rapproches. C'est génial !

– Ouais. Ça sera moins galère pour avoir ma raclette, glissa-t-il.

J'esquissai une moue désolée qui le fit sourire. J'aurais aimé lui en proposer une aujourd'hui mais la fin du mois arrivait. Il s'assit à côté de moi et me demanda des nouvelles de mes études comme de mes parents. Tout en lui expliquant qu'ils faisaient toujours leur vie à Tournefeuille, j'ouvris l'appareil photo de mon smartphone. Michaël se prêta sans mal au jeu du *selfie*. J'envoyai aussitôt la photo à Amélie et Sadia. Elles allaient baver devant les iris bleu-vert et les longs cils de mon ami !

Je n'avais rencontré les filles qu'au début de mon année de Première, après le départ de Michaël avec qui j'avais traîné durant toute ma Seconde. De ce fait, ces trois-là ne s'étaient jamais rencontrés.

Les réactions à la photo ne se firent pas attendre. Je ne me gênai pas pour les partager avec le concerné histoire de l'en faire profiter, d'autant que les commentaires à son égard étaient dithyrambiques.

– Au fait, tu fais quoi demain ? demanda mon ami.

– Rien de spécial, pourquoi ?

– Clara est chez ses parents et mes potes sont en week-end randonnée à la Montagne Noire. Ça te dirait qu'on aille en ville ?

– Pourquoi pas. On se rejoint à quatorze heures à la basilique ?

– Ça marche.

Au moins, je ne serai pas seule en allant voir Nathan. La présence de Michaël le dissuaderait peut-être de tenter quoique ce soit ? J'espérais seulement ne pas mettre pas mon camarade en danger.

Le lendemain à l'heure dite, je me retrouvai devant les portes de l'église comme une semaine auparavant. Sauf que cette fois-ci, je venais avec des renforts !

– Qu'est-ce que tu dois faire dans une basilique ? questionna Michaël.

– Voir quelqu'un. Ça ne durera pas longtemps.

– Je te suis.

Je pris une profonde inspiration pour maîtriser mon inquiétude et entrai. Afin de ne pas avoir à tout raconter devant Michaël, j'avais écrit le message délivré par le fantôme sur un bout de papier serré dans ma main moite. Mon plan était simple : trouver

Nathan, le lui donner et partir vite. S'il avait des questions, il les poserait à Dieu. Moi, je n'avais aucune réponse.

Je repérai tout de suite Nathan et son aura particulière. J'avançai dans sa direction en essayant de ne pas trop réfléchir, sinon j'étais certaine de faire demi-tour. Le regard mauvais qu'il m'avait lancé lorsqu'il avait brûlé la photo sous mes yeux me paralysait encore de peur.

Une fois à sa hauteur, je me plantai devant lui. Michaël resta un peu en retrait.

Nathan fut une nouvelle fois enveloppé par cette espèce d'aura noire qui semblait réagir à son irritation. Il releva la tête, la mâchoire crispée, et je crus étouffer sous le poids de son regard assassin.

J'ouvris la bouche pour parler sans qu'aucun son ne sorte.

Il se leva, m'écrasant de toute sa hauteur. Mes mains tremblaient un peu trop. Je voulais m'enfuir. J'étais en danger.

Ma panique dut se voir car Michaël nous rejoignit. Lorsque Nathan le remarqua, l'atmosphère s'allégea, me laissant le loisir de reprendre une contenance.

– C'est pour toi, dis-je à Nathan en lui tendant le bout de papier.

Son regard ne revint pas tout de suite vers moi, il s'attarda sur Michaël. Puis il me fixa et je le regrettai. Néanmoins, il ne dit rien. Il se contenta de prendre le message qu'il lut. Son visage expressif afficha d'abord une sincère incompréhension, puis de la déstabilisation.

**

Nathan - Saint Exorciste
Chevalier de l'ordre de Saint-Jean de Jérusalem

Je froissai le papier dans ma main gauche où il tomba en poussière. Les différents éléments de cette histoire venaient à moi les uns après les autres, mais j'étais incapable de voir le lien les unissant. J'avais besoin de réfléchir au calme. Mais avant ça, il me fallait découvrir ce que Donna venait faire dans l'histoire, car même si cela me semblait absurde, elle était liée à tout ça.

Ma réflexion ne dura qu'une fraction de seconde.

– Vous avez quelque chose de prévu tout de suite ? demandai-je.

Donna ne répondit pas. L'homme à côté d'elle le fit à sa place :

– Pas spécialement.

– Ça vous dirait de vous mettre au chaud chez moi ? J'habite à côté.

– Ouais, pourquoi pas. Donna ?

Je la défiai de refuser d'un regard lourd de sous-entendus.

– D'accord, approuva-t-elle sans conviction.

– Au fait, je m'appelle Nathan.

– Michaël, se présenta à son tour mon interlocuteur. Je suis un ami de Donna. Qu'on a perdu, je crois. Donna ?

Son sourire moqueur sembla chasser la torpeur de la fille. Je crois que j'y étais allé un peu trop fort avec elle.

Ensemble, nous prîmes la direction de la sortie quand on m'arrêta à hauteur du bénitier. Mes deux invités s'immobilisèrent aussi et saluèrent l'homme d'église au visage rond avenant qui me tenait le bras.

– Père Luc, le saluai-je.

– Tu m'as l'air fatigué, Nathan, nota-t-il.

– Je dors mal en ce moment.

Je ne lui avais pas parlé des Ombres ni de leur attaque au risque de devoir révéler la présence de Tit chez moi, ce que je voulais éviter. J'avais également minimisé l'impact qu'avait eu sur mon corps mon dernier exorcisme. Père Luc m'observa mais ne dit rien. La présence des deux profanes le limitait dans ses paroles.

– Viens demain après la messe, nous discuterons. Et n'oublie pas de porter ta chevalière, mon fils.

Je dégageai mon bras d'un geste agacé.

– Je ne suis pas ton fils.

Le *padre* recula d'un pas et baissa les yeux.

– Je suis désolé. À dem...

Je partis sans le laisser finir. Dehors, le silence de Michaël et de Donna montrait leur envie de poser des questions sur ce qui venait de se passer sans oser le faire. Tant mieux. Je devais faire les choses les unes après les autres, et ça commençait en rejoignant mon appartement.

Chapitre 12

Nathan – Saint Exorciste
Chevalier de l'ordre de Saint-Jean de Jérusalem

Michaël et Donna se déchaussèrent en me voyant faire et purent ainsi profiter du chauffage au sol. Malgré mille précautions en enlevant mon pull, la barre de douleur au niveau de mes côtes cassées m'arracha un faible gémissement de souffrance. J'ôtai mon vêtement en totalité avant de baisser mon tee-shirt venu avec, laissant voir mon *strapping*.

– Qu'est-ce que tu as fait ? demanda Michaël en accrochant son manteau à la patère.

– C'est une longue histoire.

Si la potion donnée par Virginie ce matin avait agi directement sur mes organes, celle pour les os devait être prise en traitement d'une semaine. En attendant, je devrais faire avec la douleur.

Je priai mes invités de s'asseoir à table tandis que j'allai leur chercher à boire. La présence de Michaël ne faciliterait pas la conversation avec Donna, mais au moins j'avais pu compter sur lui pour l'amener jusqu'ici. Seule, elle ne l'aurait jamais fait.

Une fois les deux cafés prêts, je les leur apportai avec du sucre avant de m'asseoir face à Donna.

— Ça te redonnera un peu des couleurs, lui dis-je en remontant mes manches longues jusqu'à mes coudes.

Ses yeux de merlan frit montrèrent décontenancement face à mon brusque changement d'attitude. Elle ne devait pas savoir si me faire confiance était judicieux. La pauvre. Si ma théorie était juste et qu'elle était impliquée, elle n'était pas au bout des mauvaises surprises.

— Je peux me rafraîchir quelque part ? demanda-t-elle.

— Le couloir derrière toi à droite. La porte d'en face.

Elle hocha la tête puis fila. Je reportai alors toute mon attention sur les iris magnifiques de son ami en train de détailler les tatouages sur mes mains et mes avant-bras.

Michaël, dérivé de Michel, prénom du plus grand archange des Cieux signifiant « semblable à Dieu ». Son nom de baptême résumait à lui seul le contraire de ce que je représentais. Et celui qu'il était en tant qu'homme réveillait celui que j'avais juré de ne plus être.

— Vous vous connaissez depuis quand ? demandai-je pour chasser mon trouble.

Il leva les yeux vers moi.

Putain qu'il était beau !

– Depuis le lycée.

Au contraire de m'apaiser, sa voix chaude augmenta mon émoi.

– Tu as son âge ? m'étonnai-je.

– Non, j'ai vingt-trois ans. Donna était la seule Seconde à traîner avec des Terminales sans que l'un d'eux soit de sa famille.

– Comment c'est arrivé ?

– Elle m'a fait marrer dès son premier jour au lycée, du coup je l'ai prise sous mon aile, si on peut dire.

– Vous êtes ensemble ?

Ma question le fit sourire.

– Non, non. J'ai une copine. Donna est comme une petite sœur.

Dommage, il était hétéro...

– Je vois.

– Tu as de la famille ? demanda-t-il à son tour.

Son sourire retomba et je le vis gêné. L'expression que je lui renvoyais devait vraiment être pitoyable pour qu'il réagisse comme ça.

Je baissai les yeux.

– Je suis désolé, s'excusa-t-il.

– C'est rien.

Un silence embarrassant s'installa sans que je sache comment le briser. Michaël se racla un peu la gorge avant de reprendre :

– Sympa, ton appart'.

– Merci.

– Tu fais quoi dans la vie ?

Nouveau silence, nouvelle gêne.

Chaque fois que je rencontrais quelqu'un, je me souvenais pourquoi je ne pouvais pas avoir de proche. Je n'avais pas le droit de parler de ma vie. Répondre aux questions les plus banales m'était interdit par le serment que j'avais prêté, tout comme l'était le mensonge. Alors à chaque fois, je donnais la même réponse, celle qui laissait croire aux gens que je ne souhaitais pas me lier à eux.

– C'est compliqué, répondis-je.

– Je vois...

Le ton de sa phrase ne me laissa plus grand espoir. Pourtant, il se mit à l'aise sur sa chaise et retenta :

– Et toi, tu l'as connue comment, Donna ?

Sa détermination me ragaillardit. Ce fut à mon tour d'esquisser un sourire. Il avait compris que je n'étais pas fermé à la discussion s'il ne me posait aucune question sur moi.

– Elle m'a pris en photo dans la rue.

– Sérieux ?

– Oui.

– En général elle est plus branchée vieux bâtiments en ruine mais je comprends qu'elle ait fait une impasse, tu dois être super photogénique.

Son compliment me toucha un peu trop.

– C'était un devoir pour son école, ça n'a rien à voir avec moi.

Donna nous rejoignit, l'air peu plus en confiance. Lorsqu'elle s'assit, le téléphone de Michaël sonna. Pendant qu'il répondait, je me penchai vers elle.

– Il va falloir qu'on parle rapidement, chuchotai-je.

– Tu me tueras, après ? demanda-t-elle sur le même ton.

Son air sérieux m'amusa. Elle avait vraiment cru à ma menace.

– Y'a rien de drôle, maugréa-t-elle.

– Je ne te tuerai pas, promis-je en me redressant.

J'écoutai la conversation de Michaël avec sa compagne, à en croire ses propos. Il n'avait pas l'air content quand il raccrocha.

– Qu'est-ce qui se passe ? demanda Donna.

– Clara a fini plus tôt que prévu, elle veut que je rentre. On y va ?

– Je termine mon café et...

– Pas la peine, intervins-je. Je ramènerai Donna chez elle, ne t'inquiète pas pour ça.

Donna ne trouva rien à dire tant elle était surprise. Michaël ne s'attarda pas plus longtemps, visiblement pressé de remettre les pendules à l'heure avec sa copine. Quand la porte se referma, je fixai mon interlocutrice :

– À nous deux.

**

Donna – Étudiante pas rassurée

Mon sang ne fit qu'un tour. Moi qui pensais avoir réussi à reprendre le dessus, je m'étais plantée ! Et je n'avais pas du tout prévu que Michaël me lâcherait sans sourciller en territoire ennemi. Traître !

Nathan m'observait sans discontinuité. Je n'aimais pas ça du tout, du tout.

– Je ne sais rien de plus, le prévins-je. C'est un copain qui a trouvé le message en nettoyant sa bande son et qui me l'a envoyé dans la foulée. Et il l'a supprimé, aussi. Y'a plus aucune trace. Promis.

– C'est bien, me félicita-t-il. Mais j'ai comme l'impression que malgré tout, toi et moi sommes liés d'une manière ou d'une autre.

Il se leva.

– Comment ça ?

– Je ne sais pas, mais il faudra bien trouver, dit-il en prenant quelque chose dans son manteau avant de revenir. En attendant, si jamais un truc d'étrange t'arrive, appelle-moi.

J'attrapai machinalement la carte qu'il me tendait. J'ouvris de grands yeux en lisant l'inscription dessus.

Je levai un visage dubitatif vers lui :

– Tu es un exorciste. C'est une blague ?

– Je ne vais pas chercher à te convaincre par des mots.

– Comment, alors ?

– Tu verras. Donne ton portable.

Soucieuse de ne surtout pas l'énerver en étant seule avec lui, j'obéis sans broncher. Il composa un numéro. Quelques secondes plus tard, son propre portable sonna : il avait le mien, maintenant.

– Je t'appellerai dans les prochains jours, me prévint-il en me rendant mon bien. Peu importe où tu es et ce que tu fais, tu devras te tenir prête pour venir avec moi.

– Où ? Pourquoi ?

– Pour que tu voies. Et après, seulement, on parlera. Maintenant, bois ton café, je te ramène.

Je bus ce qu'il restait dans ma tasse et me levai.

Je ne comprenais rien. Qu'est-ce qu'il voulait me montrer ? Une séance d'exorcisme ? Un démon ?

J'avais dit qu'il était taré ? Ben je le pensais toujours.

Sauf qu'entretemps, il y avait eu le message du fantôme et ça, c'était vraiment bizarre. Tout était étrange depuis que j'avais pris cette photo de Nathan.

Et j'avais peur que ce ne soit que le début.

CHAPITRE 13

Donna – Étudiante en manque de vie sociale

Je pouvais remercier mon meuble d'évier de m'avoir donné l'occasion de renouer avec Michaël. Depuis, on se parlait régulièrement *via* messages privés et cela me donna envie d'organiser une soirée où je pourrai enfin le présenter à Amélie et Sadia, actuellement assises sur leur pouf attitré. Elles approuvèrent l'idée.

— Je pourrais inviter Dylan et tout mon groupe de travail, songeai-je.

Mes amies se regardèrent, dubitatives.

— Tu comptes inviter plus de dix personnes ici ? demanda Sadia.

Un silence tomba. Je pinçai mes lèvres en embrassant mon studio du regard. Oups.

— Je n'avais pas pris en compte ce léger détail, avouai-je.

J'envoyai un message à Michaël afin de savoir s'il serait partant pour accueillir la soirée vendredi. Il était loin d'être sauvage, j'avais bon espoir qu'il accepte. Sa réponse ne tarda pas :

Pourquoi pas. Y'aura qui ?}

Je lui fis donc la liste des invités en expliquant qui était qui pour moi.

Je vais voir avec Clara. Nathan ne vient pas ?}

Je bloquai sur sa question.
Hein ?

{Nathan ? Pourquoi ?

Mais pourquoi il me parlait de Nathan ? Bien sûr que non il ne venait pas ! J'arrivais à peine à articuler un mot quand il était là, j'allais pas me pourrir la soirée !

Ça lui ferait peut-être du bien de voir du monde.
Et puis il est sympa.}

Sympa ? Ils avaient parlé de quoi pour qu'il pense ça de lui ?

{Je lui demanderai.

Bien sûr, c'était un mensonge parce que je n'avais pas du tout l'intention de lui poser la question. Puis quoi encore !

OK. Je te tiens au courant dès que j'ai vu avec Clara.}

Amélie et Sadia me firent remarquer mon air mécontent ; je leur expliquais qu'il était dû à la copine de Michaël de qui dépendait toute l'affaire – autant qu'elle serve à autre chose qu'à lui taper des crises.

Moins de cinq minutes plus tard, je reçus un nouveau texto :

C'est bon ! Je vous attends pour 19h.}

Ce mec était extra !

Mais même pour lui, je n'étais pas prête à faire rentrer Nathan dans ma vie. Je ne parvenais pas à le définir, en revanche j'étais sûre qu'il n'était pas très équilibré s'il se prenait pour un vrai exorciste.

Je n'aurais jamais imaginé pouvoir me tromper, surtout pas à ce point.

Le jeudi après-midi suivant en rentrant des cours, Nathan m'attendait au pied de mon immeuble. Lorsque je le rejoignis, il me tendit un casque.

— Il est temps que tu vois ce dont on va parler.

Je fis la moue en mettant le casque. Une fois sur la moto, je nouai mes bras autour de son torse. Il sursauta. Je me souvins alors de sa blessure. Il était peut-être dérangé mais je ne voulais pas lui faire mal. Je remontai donc mes mains. Ma prise assurée, il lança son deux-roues dans les rues pavées de ce coin de Toulouse, direction le nord-est.

Nous nous engageâmes un moment après sur la rue de la Concorde. Les bâtiments de briques rouges derrière, nous nous arrêtâmes au croisement de la rue Robert Boriose. Nathan coupa le moteur.

– Je ne peux toujours pas savoir ce qu'on fait là ? tentai-je en enlevant mon casque.

– Tu vas voir. Viens.

Je le suivis jusqu'à la porte d'entrée d'une maison de ville où il frappa. La vitesse à laquelle on nous ouvrit me fit penser que la personne avait dû guetter notre arrivée. Quand le battant glissa sur ses gonds, je découvris une femme au bord de l'épuisement.

– Vous êtes l'exorciste ? demanda-t-elle pleine d'espoir.

– En effet, répondit mon acolyte. Je suis Nathan et voici Donna, elle m'assistera aujourd'hui.

– Entrez.

Je suivis mon « exorciste » et l'écoutai demander le prénom de la « possédée ». Elle s'appelait Camille Fontaine, quatorze ans. Elle était toute jeune, la pauvre puce. À défaut de possession, elle devait simplement être malade et avait à mon avis plus besoin d'un médecin que d'un charlatan, aussi convaincu par son pouvoir soit-il. Nous longeâmes un couloir du rez-de-chaussée puis nous nous arrêtâmes devant une porte close.

– Votre époux n'est pas là ? s'enquit Nathan.

– On a pris des congés à tour de rôle pour nous occuper de Camille. Frédéric est retourné au travail.

– Je comprends. Je vous demanderais d'attendre dans le salon et de ne surtout pas venir, quoi que vous entendiez.

– Vous me faites peur, avoua Christine.

À moi aussi, d'autant que je serai avec lui dans la pièce. S'il faisait du mal à la petite, danger de mort ou pas, je lui sauterai à la gorge !

– C'est votre enfant, c'est normal. Un exorcisme est impressionnant, vous n'avez pas besoin de voir ça. Votre fille ira bien, je vous le promets.

– D'accord. Alors... Je vous laisse.

Je lui souris avec sollicitude lorsqu'elle me regarda, puis elle nous laissa seuls. Nathan sortit un chapelet de l'une des poches de son manteau et le passa autour de mon cou. Il récita une prière pour le bénir.

Surtout, ne pas se moquer. Il y mettait tellement de cœur que ce serait méchant de ma part. Pourtant une remarque démangea mes lèvres.

– Je ne crois pas en Dieu, crus-je bon de préciser.

– Dieu est au-dessus de ça. Il t'aime et te protège même si tu ne crois pas en Lui.

Ah, si c'était ça, alors...

– Une dernière chose, reprit-il. Quoi qu'il arrive, ne fais aucun bruit tant que ce n'est pas fini. Pas un mot, pas un cri.

Il me prenait pour qui ? Une chochotte ?

Bon, OK, je ne m'étais pas montrée courageuse quand il m'avait menacée ou quand Dylan m'avait envoyé l'enregistrement, mais c'était des choses que je ne pouvais pas expliquer. Pour l'instant. Dans le cas présent, j'étais certaine que la petite Camille souffrait juste d'hallucinations et de troubles du comportement. Rien qu'un médecin compétant ne puisse soigner.

J'oubliai mes pensées lorsque Nathan ouvrit la porte. Je portai ma main à mon nez pour le protéger de l'odeur de transpiration et de sang qui me sauta au visage. Mais dans quelles conditions vivait cette enfant ?!

Je perdis toutes mes couleurs une fois à l'intérieur. Ils l'avaient attachée au lit ! Ils étaient pas finis, sérieux ! Ils comptaient lui faire quoi au juste ? La trépaner ? Pas moyen, je contacterai les services sociaux dès que j'aurai posé un pied dehors !

Nathan me poussa dans un coin et m'intima d'un regard de ne plus bouger. Je jouerai le jeu tant que je serai enfermée ici.

**

Nathan – Saint Exorciste
Chevalier de l'ordre de Saint-Jean de Jérusalem

Donna se colla au mur pour ne plus bouger. Je portai mon attention sur Camille, immobile sur son lit trempé de sueur et taché du sang de ses règles. Elle n'avait pas dû laisser ses parents l'approcher pour la laver ni changer ses draps. Les démons se souciant peu de l'hygiène des humains dont ils prenaient possession.

Au moins, cette fois-ci, la gamine était attachée. Ça devrait mieux se passer qu'avec Zozo.

– Ne sois pas si prétentieux, fils de pute, articula Camille d'une voix masculine gutturale.

Mon bracelet vibra au point de faire trembler ma main. Les runes démoniaques s'illuminèrent quand le rire gras du démon résonna dans la bouche de Camille.

– Ton Dieu et toi avez déjà perdu, raclure.

– De quoi tu parles ?

– Je parle de la résurrection de mon maître.

J'approchai à côté du lit. Le visage poupon de la petite, déformé par la haine, gardait ses yeux rouges braqués sur moi. Un rictus venimeux relevait ses lèvres desséchées.

– Exorcise-moi si tu veux mais je ne partirai pas seul.

Je fronçai les sourcils, d'abord sceptique, avant de comprendre.

Camille brisa ses liens puis se jeta sur Donna. Je l'interceptai en plein vol en lui balançant une décharge divine dans les hanches. Le choc les brisa net tout en propulsant l'enfant contre le mur opposé.

Je me campai devant Donna pour faire bouclier et commençai à réciter la formule d'exorcisme. Un pentagramme se matérialisa aussitôt aux pieds du démon. Hors de question de lui laisser le temps de résister. Je pensais pouvoir compter sur sa blessure pour l'immobiliser, mais je me trompais. Même avec les os en miette, Camille se releva dans un hurlement de rage.

Les Ombres recouvrirent les murs, obstruèrent les vitres et montrèrent leurs visages difformes sur les lattes du parquet. Leurs mains désarticulées brisèrent le plancher pour saisir mes chevilles.

Je ne devais pas y faire attention. Je devais me concentrer sur le démon, sur chaque mot qui sortait de ma bouche. Je récitais mon sort sans interruption, même lorsque j'entendis Donna hurler de peur au moment où les ongles des Ombres commencèrent à labourer mes mollets.

— Elle vient avec moi ! tonna le démon.

— Alors viens la chercher.

Un rugissement sourd fit trembler le pâté de maisons. Mon ennemi à présent guéri me chargea à toute vitesse. J'attendis qu'il soit presque sur moi pour entrechoquer mes mains avant de les plaquer sur ses épaules. L'impulsion des deux forces mélangées fut telle que le démon fut projeté hors du corps de Camille qui tomba inerte sur le sol.

Prisonnier de mon pentagramme, le démon se débattait de toutes ses forces, m'obligeant à aller au bout des miennes pour le maintenir dans mon cercle tout en ordonnant l'ouverture d'une des portes de l'Enfer. Je sentais mon nez et mes yeux saigner pendant qu'une fissure grandissait dans le dos du démon. Ses cris de colère se murent en hurlements de terreur quand les âmes des damnés se saisirent de lui. Il me fallut donner tout ce que j'avais pour le pousser vers le brasier infernal.

— Tu mourras bientôt, cracha le démon. Et alors, il renaîtra !

– Ta gueule !

Mon aura explosa et le repoussa pour de bon.

Le choc en retour me frappa avant même que la fissure soit refermée. Des crampes horribles me couchèrent sur le sol d'où les Ombres n'avaient pas encore disparu. Elles me griffèrent le visage jusqu'au sang, arrachant de nouveaux cris à Donna.

Mon palpitant commençait à s'arrêter. Chacun de ses battements était douloureux. Ma conscience chuta en piqué, me laissant à peine le temps de comprendre que je ne pourrais pas relancer mes muscles cardiaques.

Ma vue devint floue, mon ouïe se brouilla, mon corps s'alourdit.

Mon cœur lâchait.

**

Donna – Étudiante horrifiée

Les joues ruisselantes de larmes, je fixais Nathan quand il s'écroula au milieu des ombres maléfiques. En voyant leurs ongles s'acharner sur son visage, je hurlai dans l'espoir de leur faire peur, oubliant un instant le feu de mes cordes vocales.

Je ne sus pas si je réussis à les faire fuir, mais elles finirent par disparaître quand la lumière revint par la fenêtre dégagée.

Je m'élançai vers Nathan et l'examinai. Je ne sentais plus son pouls !

Je l'allongeai sur le dos et me torturai l'esprit pour me souvenir des gestes de premiers secours. Je posai mes mains au milieu de son thorax, gardai les bras bien tendus puis appuyai de tout mon corps.

Les consignes passaient en boucle dans ma tête : pas plus de trente compressions consécutives, cent compressions par minute, enfoncer la cage thoracique de trois à quatre centimètres, bien relâcher entre les compressions et continuer jusqu'à l'arrivée des secours même si on s'y prenait comme un manche, sauf que personne n'avait appelé les secours !

Je voulus hurler pour appeler Christine mais ma voix éprouvée refusa net. Je me remis à pleurer de plus belle. La colère, la culpabilité, la peur... Tous ces sentiments bouillaient dans mon ventre. La rage contre moi-même prit bientôt le dessus et je commençai à m'acharner sur Nathan.

— Repars ! Allez, repars, putain !

Une compression plus forte que les autres fit sursauter Nathan. Soulagée, je dégageai mes cheveux trempés de sueur de mon visage avant de me pencher vers lui. Sa respiration raclait : sa gorge était obstruée. J'approchai pour l'aider à mieux respirer quand il me cracha une gerbe de sang dessus. Par réflexe, je le tournai sur le côté afin qu'il ne s'étouffe pas. À en juger par la quantité d'hémoglobine qu'il régurgita, je fis bien.

Son bracelet glissa sous mes yeux horrifiés jusqu'à la flaque purpurine. Je le vis avec dégoût se repaître de sang.

J'avais envie de vomir.

C'était pas possible…

Tout était vrai ?!

– Je suis désolée, Nathan, m'excusai-je d'une voix chevrotante.

Je caressai ses cheveux pour l'apaiser mais il n'avait pas conscience de ma présence. Je compris pourquoi quand je le sentis trembler sous mes doigts. Non-non-non, pas encore ! Je le rallongeai sur le dos.

– Me laisse pas tomber, Nathan. Nathan ! criai-je.

Ma voix était enrouée, ça faisait mal.

La porte s'ouvrit dans mon dos à mon grand soulagement. Je pivotai vers Christine qui s'agenouillait à côté de sa fille.

– Il faut emmener Nathan à l'hôpital !

– Chez moi.

Le murmure me parvint à peine. Je tournai la tête vers Nathan : il était conscient !

– Chez moi…

– Il te faut des soins, avançai-je dans l'espoir de le raisonner.

– Chez moi…

– À l'hôpital.

Il me repoussa sans force et tenta de se lever. Je l'aidai sans même chercher à comprendre ce qu'il voulait faire.

– Christine, appelai-je, totalement affolée et désemparée.

– Il doit avoir une bonne raison de vouloir rentrer chez lui, me dit-elle. Je vous ramène.

Elle disparut dans le couloir et revint quelques secondes plus tard avec les clés de sa voiture.

– On y va.

Christine souleva sa fille inconsciente non sans peine. L'urgence de la situation décupla ses forces autant que les miennes car sans savoir comment, je réussis à soutenir la masse musculeuse de Nathan jusqu'à la voiture.

Lorsque Nathan et moi passâmes la porte de son appartement, nous nous écroulâmes dans la pénombre. À quatre pattes sur le sol, je soufflais comme un bœuf en essayant de reprendre des forces. Je n'en pouvais plus.

Nathan parvint à se lever avant de s'écrouler de tout son long après deux pas. Des rires ignobles résonnèrent alors dans la pièce. Des larmes d'effroi perlèrent de mes yeux dès l'instant où je vis les ombres bouger.

Non-non-non ! Pourquoi elles étaient là ces salopes ?!

– Cuisine, murmura Nathan.

Je me relevai et le rejoignis en une foulée. Sans chercher à comprendre ce qu'il se passait, j'enroulai son bras autour de mon cou et poussai fort sur mes jambes pour le remettre debout.

– Avance, le pressai-je. Avance !

Des frottements terrifiants nous suivaient. Ils se rapprochaient. À bout de souffle, le cœur affolé, les jambes tremblantes et les nerfs à vif, je marchais aussi vite que je le pouvais, avalant les quelques mètres qui nous séparaient de la cuisine en un temps à la fois long et rapide.

Lorsque je sentis des doigts glacés effleurer mes chevilles, je me jetai en avant. Nathan étouffa un gémissement avant de se traîner jusqu'au four. Il m'attira contre lui puis me serra dans ses bras où je laissai ma peur s'évacuer en un torrent de larmes.

– Garde les yeux fermés, me chuchota-t-il.

J'obéis. Des murmures effroyables m'arrachèrent des sueurs froides avant qu'un vacarme assourdissant n'emplisse l'appartement.

– Spéce dé nassoï dombroï encor ! éructa une voix étrange. Sté maï masoï ! Vaaaast !

Et le silence tomba comme une chape de plomb.

Chapitre 14

Donna – Étudiante vidée

L'importante lumière prodiguée par les hautes fenêtres en demi-lune me tira de mon sommeil à une heure avancée de la matinée. J'ouvris les yeux sur le bar d'une grande cuisine américaine.

J'avais fait un cauchemar horrible, cette nuit...

Minute.

Une cuisine américaine ? Dans mon studio ?

La mémoire me revint comme une claque et je sursautai.

Nathan !

Je bougeai et esquissai une grimace. Je m'étais endormie assise contre les éléments bas de la cuisine. J'avais mal au dos, ma nuque était raide. Je me la massai tout en pivotant vers les fenêtres. Une espèce de singe à poils longs se tenait à côté de Nathan allongé sur le sol.

J'avais dû me prendre un sérieux coup sur le crâne.

Le singe me regarda : son visage était humain ! Je me rejetai en arrière. J'aurais même hurlé de peur si ma voix n'avait pas été en grève. Je me levai d'un bond, ouvris tous les tiroirs à ma portée et m'armai d'un couteau de cuisine.

– Éloigne-toi de lui ! intimai-je d'une voix cassée à peine audible.

Le singe barbu et chevelu, qui ressemblait en fait à un petit bonhomme aux jambes courtes, m'observa avant de bâiller à s'en décrocher la mâchoire.

Aucun doute, je venais de lui flanquer la peur de sa vie...

Le couteau m'échappa soudain des mains et fila se ranger dans son tiroir. Je clignai des yeux, hébétée.

Plusieurs fois.

Le bonhomme reporta son attention sur Nathan, au chaud sous une couverture. Il caressa ses cheveux noirs en brosse d'un geste amical.

Je m'avançai avec précaution. Voyant que la créature ne bougeait pas, je m'agenouillai face à elle.

– Moï soïne Nathanoï, me dit-elle.

Le singe parlait, en plus !

Je devenais folle, y'avait pas d'autres explications.

– Tu as soigné Nathan, c'est ça ?

– Oï, confirma-t-il en opinant du chef.

Même s'il parlait bizarrement, ça se comprenait.

– Tu as un nom ? demandai-je.

– Tit.

– Moi c'est Donna, me présentai-je, espérant que cela le mettrait à l'aise.

Nous mettrait à l'aise.

– Qui es-tu ?

– Estoï domovoï. Estoï spri masoï Nathanoï dpui maï milla bdone moï. Nathanoï nvite moï, projto masaoï corr dombroï i atactac Nathanoï.

Un sourire à mi-chemin entre la nervosité et l'amusement m'échappa. Je n'avais rien compris à ce qu'il venait de dire mais je savais que s'il était autant inquiet, c'était parce que l'état de Nathan était très grave.

Des larmes m'échappèrent. Je les essuyai du plat de la main en observant le visage blessé de Nathan.

– Je l'ai pas cru, geignis-je. Je croyais que c'était faux, qu'il avait tout inventé. Je suis désolée, Nathan. Je suis vraiment désolée.

J'avais beau essuyer mes larmes, elles coulaient encore et encore face au poids de ma culpabilité. Si je l'avais cru dès le début, aurait-il pu échapper à cet exorcisme ?

Je voulus caresser ses cheveux à mon tour mais Tit me repoussa. Je m'immobilisai, choquée par un geste aussi agressif à mon encontre.

– Je ne vais pas lui faire de mal.

– Noï tchou. Nathanoï mon ami, me gourmanda-t-il.

– C'est...

Non, moi, je n'étais pas son amie. Je n'étais rien pour lui. Tit l'avait compris, c'était pour cela qu'il me tenait loin de lui.

Il posa sa grande main sur mon épaule et me poussa fort.

– Vast. Vast. Tssss.

Chassée comme une malotrue, je reculai jusqu'à être acculée contre le bar. Je repliai mes jambes contre moi, passai mes bras autour et y calai ma tête. Je me sentais minable. Et j'étais morte de trouille. J'avais peur que Nathan meure.

Pourquoi n'avais-je rien pu faire quand ce démon l'avait presque tué ? Pourquoi ne l'avais-je pas cru alors même que j'avais eu toutes les preuves sous les yeux ? J'aurais dû chercher à comprendre la raison de son comportement. À présent, je voulais tout savoir de lui. Je voulais qu'il vienne à la fête.

Merde, la fête !

Je sortis de ma torpeur et attrapai mon téléphone dans la poche de mon jeans. On était vendredi, il était déjà midi moins vingt et j'avais trois appels en absence, tous de Dylan. Il devait se demander pourquoi je n'étais pas en cours. Je m'empressai de lui envoyer un message disant que j'avais un coup de fatigue mais qu'on se verrait ce soir chez Michaël. Puis je posai mon smartphone à côté de moi et observai Nathan sous la surveillance de son protecteur. Tit le veillait sans relâche malgré une fatigue évidente. Il dodelinait de la tête tout en parpelégeant, jusqu'au moment où il piqua du nez. Il se réveilla en sursaut. Conscient que lutter ne servait à rien, il passa sous la couverture et s'allongea contre le flanc de Nathan.

La vision me fit chaud au cœur mais amena tout un tas de questions : Nathan avait-il de la famille ? Des amis ? Que faisait-il en dehors de la chasse aux démons ? Avait-il des loisirs ?

Le flot calme de mes pensées berça mon esprit. Avant même que je m'en aperçoive, je me rendormis.

Une main solide me secoua l'épaule. Je me réveillai en sursaut face au visage buriné de Tit.

— Nathanoï voï visu toï.

— Hein ?

Il me tira derrière lui. Je me levai pour ne pas lui servir de serpillère. Nathan était réveillé mais incapable de bouger. Je m'agenouillai à côté de lui.

— Ça va ? demandai-je avec une voix moins cassée que tout à l'heure.

— Ton portable.

Vu comme les sons raclaient sa gorge, elle devait être dans un sale état. J'attrapai mon smartphone et le lui montrai.

— Cherche...

Je préparai mon navigateur.

— ... une fleuriste.

Je le dévisageai.

— Pardon ?

— L'éphémère de Virginie... Pech-David.

Surtout, faire ce qu'il disait et ne pas poser de question. Il n'était pas en état de me répondre et je n'étais peut-être pas en état de tout savoir.

— Je l'ai ! annonçai-je. Je fais quoi ?

— Appelle Virginie. Dis-lui... de venir... Que c'est pire...

J'ouvris la bouche pour demander qui était cette Virginie avant de me raviser. Ne pas poser de question. Je composai le numéro et attendis qu'on me réponde. Quand une voix féminine décrocha, j'attaquai :

— Virginie ?

— *Elle-même.*

— Nathan m'a demandé de vous appeler, il a besoin de vous. Son état est pire que la dernière fois.

— *Qui ?*

Je fronçai les sourcils. Elle ne le connaissait pas ?

Ou alors, pas par son prénom.

— Le Saint chevalier, tentai-je.

Il y eut un instant de flottement. La femme me demanda l'adresse puis raccrocha après m'avoir assuré qu'elle serait là dans une demi-heure. Je regardai l'horloge : quatorze heures dix-huit. Je devais être chez Michaël à dix-sept heures pour préparer l'apéro dinatoire. Heureusement qu'il s'était proposé pour faire les courses.

Dans quelle histoire étais-je tombée ?

Chapitre 15

Donna – Étudiante curieuse

J'allai ouvrir dès qu'on toqua à la porte. Je me retrouvai face à une trentenaire et à un homme âgé d'une soixantaine d'années au moins à en juger par ses cheveux blancs et ses rides. Il tenait une trousse de médecin dans sa main. Je les invitai à entrer et les conduisis au malade. Tit n'était plus là. L'homme se pencha sur Nathan tandis que la dénommée Virginie me toisait.

— Qui êtes-vous ?

— Donna...

Je voulus ajouter autre chose sans trouver quoi. Je n'étais ni une amie, ni une camarade, ni une collègue. Une vague connaissance, tout au plus.

— Ce n'est pas ce que je demandais, rétorqua la femme.

Je la fixai, perdue.

— Je ne comprends pas.

— Qui êtes-vous pour assister le Saint Exorciste ? Vous n'avez pas l'air d'une femme d'église ni d'une sorcière, alors qui êtes-vous ?

Larguée.

J'étais totalement larguée.

— Une sorcière ? répétai-je. Vous en êtes une ?

— Oui, tout comme mon père, dit-elle en montrant l'homme en train d'ausculter Nathan.

— Je suis normale, répondis-je, désemparée. Vous aurez toute ma reconnaissance si vous m'expliquez ce qui se passe, qui est Nathan et ce que je fous au milieu de tout ça.

Elle m'observa, sur ses gardes. Son père prit enfin la parole :

— Laisse, Virginie. Donna, viens t'asseoir.

J'obtempérai et m'assis en tailleur à côté de Nathan. L'homme, qui se présenta sous le nom de Roger, repoussa la couverture de son patient endormi jusqu'à ses hanches. Deux choses me frappèrent : son torse nu musclé comme dans les films, et la singularité de ses tatouages. Roger attira mon attention sur ce deuxième point, en commençant par les deux croix tatouées avec un effet de pierre 3D sous ses clavicules, ainsi que sur la phrase inscrite sur le haut de ses pectoraux.

Il m'expliqua que les croix représentaient l'ordre catholique hospitalier et militaire de Saint-Jean de Jérusalem datant du temps des Croisades. Un ordre qui survécut aux Templiers et hérita même de leurs biens, faisant de lui l'ordre le plus puissant de la chrétienté. Officiellement, il disparut au cours du

XIXe siècle. Officieusement, des branches survécurent et une, en particulier, se démarqua des autres : celle que servait Nathan.

Depuis plusieurs siècles, certains Hospitaliers faisaient de la lutte contre les forces du mal un art de vivre, et si le monde politique et économique avait évolué au fil des ans, entraînant la chute de la majorité de l'Ordre, le monde occulte demeurait toujours dangereux, nécessitant la surveillance constante de personnes choisies parmi l'élite de la société. Ce tatouage symbolisait donc l'appartenance de Nathan à son Ordre.

– Il devrait aussi porter une chevalière flanquée du sceau de l'Ordre, me dit Roger, mais il ne l'a pas, ce qui me laisse penser qu'il doit avoir une place particulière dans sa confrérie. Sinon, personne n'aurait toléré qu'il ne la porte pas et qu'il se fasse tatouer. Mais ce n'est pas le plus étrange.

– Il y a pire ? redoutai-je.

– À l'exception du scorpion, tous les autres tatouages ont une symbolique occulte. Regarde ses mains : les têtes de mort représentent son lien avec l'Au-delà.

– Pourquoi une avec du rouge et une avec du bleu ? demandai-je.

– Celle avec le bleu se trouve là où est tatouée une croix normale, expliqua-t-il en montrant la paume droite de Nathan. Cette main représente son lien avec Dieu. Quant à l'autre…

Il l'attrapa.

— Le rouge est à l'endroit où la croix est renversée ; c'est le symbole de l'antéchrist, son lien avec l'Enfer.

Fascinant ! C'était la première fois que je prenais conscience du sens que pouvait avoir un tatouage, et de l'histoire qu'il pouvait raconter.

Ça l'était d'autant plus que j'en apprenais enfin davantage sur la mystérieuse vie de Nathan.

— Et les ailes ? demandai-je.

— Une sur chaque hanche, une sur chaque avant-bras, deux dans le dos, ce qui donne trois paires. Ça ne te rappelle rien ?

Je pinçai mes lèvres, embarrassée par mon ignorance en la matière.

— Un séraphin, intervint Virginie. Ce sont les anges les plus proches de Dieu, ceux qui gardent son trône.

— Exact, confirma son père. Soit ce jeune homme a souhaité se mettre sous la protection des séraphins, soit il est considéré comme un protecteur terrien du trône de Dieu. Cette deuxième hypothèse corroborerait celle sur sa place particulière dans l'Ordre.

— Et qu'est-ce que ça signifie, concrètement ? questionnai-je.

— Qu'il doit être l'un des Hospitaliers les plus importants de l'Ordre, voire LE plus important.

La classe !

— Par contre, il y a ça.

Roger désigna le bracelet qui m'avait valu un sept et qui m'avait entraînée dans cette histoire abracadabrante.

– C'est quoi ? questionnai-je encore, avide d'en apprendre plus.

– Un artefact pour emprisonner les démons. Il est lisse et uni en apparence, mais une fois éveillé, le nom du démon s'inscrit en runes de feu.

– Nathan est un démon ?

– Non, c'est un humain. Je pense que ça se voit, sourit Roger.

Là, il se moquait de moi.

– Mais il ne pourrait pas être possédé ? précisai-je donc.

– Non. Les démons ne prennent possession des humains que pour un temps limité afin d'accomplir quelque chose dans notre monde. Il leur est impossible de vivre en symbiose avec un humain plus de quelques mois. Une fois l'échéance atteinte, ils retournent en Enfer en emportant l'âme de leur hôte, d'où l'importance de l'exorcisme avant que cela n'arrive.

– Peut-être qu'il est possédé depuis peu ?

– Non, sinon le bracelet pourrait s'enlever.

Je me penchai et examinai l'objet : il ne possédait aucun fermoir, juste une fine soudure.

– Il ne pourra jamais l'enlever, compris-je.

– Pas à moins de se couper la main.

– Pourquoi on lui a mis quelque chose qu'il ne peut pas enlever ?

– Toute la question est là, jeune femme. Je pense que le bracelet a un lien avec sa croix renversée et l'Enfer.

– Ça expliquerait pourquoi il a bu le sang de Nathan, commentai-je.

À la mine déconfite de Roger, je compris que même pour lui, ce genre de détails n'était pas courant. Je pris donc le temps de lui expliquer la manière dont s'était terminé l'exorcisme et pourquoi Nathan était dans un état aussi lamentable.

Quand j'eus terminé mon récit, Roger baissa la tête vers son patient, l'air à la fois désemparé et inquiet, peut-être apeuré.

– Il est du côté du Ciel ou de l'Enfer ? demandai-je après un instant.

– Je ne sais pas. Je ne sais pas qui il est. Je peux juste certifier qu'il est unique en son genre et que l'Église doit y tenir comme à la prunelle de ses yeux… Pauvre enfant.

– Pourquoi vous dites ça ?

– Tu as vu Spiderman ? demanda Virginie.

– Oui, mais je ne vois pas le rapport.

– « Un grand pouvoir implique de grandes responsabilités ». S'il est aussi important, sa vie doit être tellement extrême et précieuse qu'il doit lui être interdit de se lier avec des humains. S'il venait à avoir des amis, ou une compagne, ils feraient des cibles de choix pour les démons. Autrement dit, pour mener sa mission à bien et préserver l'humanité, il serait obligé de voir mourir tous ceux à qui il tiendrait s'il faisait le choix d'une vie sociale.

– Ça veut dire qu'il est tout seul ? demandai-je à Roger.

Il hocha la tête.

Je fixai le four en repensant à Tit. Était-ce réellement son seul ami ?

Est-ce que c'était pour me protéger qu'il avait tout fait pour me tenir loin de lui ? Alors il n'était ni un monstre ni asocial, juste isolé malgré lui pour nous préserver des Ténèbres. Et dans cette lutte acharnée, il n'avait pour veiller sur lui qu'un petit bonhomme poilu et barbu.

Roger piocha divers ingrédients dans sa sacoche et les mélangea dans un mortier.

– Est-ce qu'il y a d'autres Hospitaliers exorcistes ou guerriers ?

– Ceux-là, on les appelle des Chevaliers et oui, il y en a un peu partout dans les pays culturellement chrétiens.

– Et en France ?

– Il y en a une petite dizaine, je dirais.

– Vous pensez que Nathan est proche d'eux ?

– Je ne vois que deux options : soit les autres Chevaliers admirent sa différence, soit ils la détestent.

Sa réponse ne me plut pas mais je n'ajoutai rien, préférant réfléchir à ce que je venais d'apprendre.

Virginie s'assit à côté de son père et dégagea les cheveux du front de Nathan. Une certaine jalousie me submergea. Je regrettai que Tit ne soit pas là pour l'envoyer promener comme il l'avait fait avec moi.

Roger continuait de préparer sa mixture sous mes yeux de profane. À toutes les plantes réduites en pâte il ajouta un liquide blanchâtre et mélangea le tout. Une dernière question me vint à l'esprit.

– Dites. Il fait quoi, Nathan, à part pratiquer des exorcismes ?

– Il régule l'activité des sorciers comme nous, répondit Roger.

– Certains des nôtres utilisent la magie noire de manière ponctuelle ou quotidienne, étaya Virginie. Son rôle est de les en empêcher. Il neutralise également les créatures dangereuses.

– Des créatures ? Genre… petits bonhommes des cuisines ?

– Les esprits des maisons deviennent rarement agressifs sans raison, mais oui, dans ce genre-là.

Roger ajouta un peu d'eau à sa mixture, la mélangea encore, puis réveilla Nathan pour la lui faire boire. Au prix d'un effort important, mon exorciste parvint à avaler toute la potion. Virginie lava les ustensiles de son père dans l'évier.

– Ça va le remettre sur pied d'ici quarante-huit heures tout au plus.

– Si vite ?

– Les plantes que j'utilise ont une particularité : plus elles sont vieilles, plus elles sont efficaces. Celles-là avaient dix ans d'âge. Il ira vite mieux, ne t'inquiète pas.

Roger attrapa ses outils propres et les rangea à leur place avant de se relever. Je l'imitai. Il me tendit une carte de visite.

– Si jamais, voici mon numéro. Jour comme nuit, n'hésite pas.

– D'accord mais… Je n'ai pas d'argent pour vous pay…

Roger leva la main pour me faire taire.

– Ce n'est rien.

– Même s'il est sévère, le Saint Exorciste est juste avec nous, m'expliqua Virginie.

– Sans compter qu'en protégeant l'humanité, il nous protège aussi, ajouta Roger. Je lui dois bien ça.

Je les raccompagnai jusqu'à la porte. Avant de partir, le médecin se tourna vers moi.

– Il faudrait aussi songer à l'installer un peu mieux. Un lit serait idéal mais un canapé suffira.

– Je vais m'en occuper, promis-je. Ah et au fait, j'ai un dernier truc à vous demander.

– Je t'écoute.

– Est-ce que les démons vont me courir après maintenant que je sais pour leur existence ?

Roger se fendit d'un sourire un tantinet moqueur.

Ben quoi ? Elle était légitime, ma question !

– Ce n'est pas parce que tu connais l'existence de ce monde qu'il va se mettre à te courir après. En revanche, si tu te rapproches trop du Saint Exorciste, tu risques de devenir un dommage collatéral.

– C'est pas vraiment plus rassurant.

Cette fois, Roger rit franchement :

– Ne t'inquiète pas, tu n'en es pas encore là et le Saint Exorciste ne te laissera jamais y parvenir.

Ça non plus, ce n'était pas rassurant.

– Allez, nous te laissons. Au revoir.

– Au revoir, docteur.

Ils me saluèrent, puis le vantail se referma derrière eux. Lorsque je retournai près de Nathan, Tit avait retrouvé sa place contre son flanc. Je m'accroupis à côté de lui.

– Si on se débrouille pour le mettre sur le canapé, tu pourras aussi le protéger ce soir ?

– Oï ! Moï pvoir grndi. Stoï sou canapé.

– Ça marche !

J'enlevai la couverture et le coussin pendant que Tit tenait sa tête. J'apportai tout vers le divan avant de revenir. Je réveillai Nathan non sans peine.

– Il faut te mettre sur le canapé, tu seras mieux. J'ai besoin que tu m'aides, je n'arriverai pas à te porter.

Il approuva d'un signe de tête. Comme la veille, je passai son bras puissant autour de mon cou et poussai fort sur mes jambes pour l'aider à se lever. Il laissa échapper un long râle de douleur.

– Je suis désolée.

J'avais beau savoir que je n'y étais pour rien, je me sentis coupable de lui faire mal. Après quelques pas laborieux, je l'aidai à s'allonger sur le canapé où Tit avait posé le coussin. Une fois assurée qu'il était bien installé, je le couvris avec soin. Il attrapa mon poignet sans force.

– Fais manger Tit.

– D'accord. Je lui donne quoi ?

– Moï mntrer toï ! intervint le concerné.

– OK, on va aller voir. Nathan, l'appelai-je avant qu'il se rendorme.

Il rouvrit ses beaux yeux noirs.

– J'ai une soirée chez Michaël, je vais devoir y aller. Tu veux que je revienne après ?

– … Non.

– Tu es sûr ?

Aucune réponse ; il s'était rendormi.

J'accompagnai Tit au frigo pour lui donner ce qu'il me montrait avant de regarder l'heure : si je ne partais pas maintenant, je serai définitivement à la bourre.

– Tit, je te le confie, je dois y aller. Je passerai vous voir ce soir.

– Oï.

Je récupérai les clés de Nathan afin de fermer en partant. Dans l'ascenseur, j'eus la sensation qu'avec tout ce qui était arrivé, j'allais passer à côté de ma propre soirée.

CHAPITRE 16

Donna – Étudiante en pleine réflexion

Je n'étais pas passée à côté de ma soirée, je l'avais littéralement survolée. Mon esprit avait flotté un peu partout mais certainement pas là où se trouvait mon corps. Tout ce que je venais d'apprendre sur les démons et les Chevaliers tournait en boucle dans ma tête sans que je ne parvienne à me rassurer malgré l'allégresse ambiante. Mes amis s'étaient apprivoisés et s'étaient échangés leur numéro pour certains. Dylan avait même prévu d'aider Michaël à finir son déménagement le lendemain.

J'avais aussi rencontré Clara, la copine de Michaël depuis presque un an. Je n'appréciais pas sa tendance à étouffer son petit ami. Son caractère particulier eut au moins le bénéfice de me replonger dans le monde normal, et je compris pourquoi mon ami se prenait autant la tête avec elle. Ce fut après l'une de leurs prises de bec que mes amis trouvèrent le moment opportun pour s'esquiver.

Les veinards.

Dylan s'approcha quand tout le monde fut parti.

– Tu veux que je te raccompagne chez toi ?

À cet instant, je regrettai d'avoir dit à Michaël que je lui servirai d'excuse pour échapper à Clara. J'articulai un « non, merci » tandis que mon cœur réclamait à grand cri un « oui ! » spontané.

– Michaël a proposé de me ramener, expliquai-je, la mort dans l'âme. Comme ça je l'aide à ranger. C'est la moindre des choses.

– OK... Je comprends.

Dylan parut déçu. C'était bon signe, non ? Et si je l'invitais à boire un verre ?

Non, je ne devais pas m'emballer. Ce n'était pas le moment de penser à ce genre de choses alors que Nathan était à moitié conscient sur son canapé, à la merci de ces enfoirées d'ombres.

Dylan m'observait. Je refoulai une violente envie de l'embrasser.

Pourquoi tout arrivait-il au même moment ? Pourquoi avait-il fallu que je prenne en photo le seul type bizarre de la ville, que ça incite un fantôme à me transmettre un message que Dylan avait trouvé et m'avait envoyé, que j'avais eu peur, qu'il était venu me chercher et que j'avais passé la nuit dans ses bras pour me rendre compte le lendemain que ce mec m'avait toujours fait craquer ? Pourquoi, mais pourquoi diable ma nuit avec Dylan n'était-elle pas arrivée d'une autre manière et à un autre moment ?

Aurait-elle seulement existé si je n'avais pas pris Nathan en photo ?

Mon questionnement dura à peine une poignée de secondes. Dylan me sourit et me souhaita bonne nuit. Lorsqu'il me tourna le dos, mon cœur se compressa tellement que le seul moyen de le soulager fut de rattraper ce garçon pour qui il voulait tant battre.

Dylan se retourna, et je fus incapable de lui dire tout ce que sa présence éveillait en moi.

— Sois prudent.

Je voulais qu'il reste. Je voulais tellement qu'il reste.

— Toujours, m'assura sa voix basse.

Je fermai les yeux quand il m'embrassa sur la joue. J'eus l'impression qu'il prit avec lui tout l'oxygène de la pièce en la quittant.

— Putain mais lâche-moi ! entendis-je soudain.

Michaël se prenait encore la tête avec Clara ? Elle avait quoi cette fois ?

— Sérieux, Mike, elle peut pas prendre le bus ? Pourquoi c'est à toi de la ramener ? Y'avait tous ses potes !

Ah… *J'étais* le problème.

— Tu me saoules, répliqua Michaël. Je la ramène.

Je le vis débouler dans le salon tel un ouragan.

— On s'arrache.

Il me lança mon manteau. Je me retins de lui demander s'il ne valait pas mieux ranger avant et m'engouffrai par la porte ouverte.

Dans la rue, il marcha tellement vite jusqu'à sa voiture que je trottinai pour tenir le rythme. Une fois assise à côté de lui dans l'habitacle, je lui indiquai ma destination. La surprise coupa l'herbe sous le pied à son énervement. Tant mieux. Au moins, il conduirait doucement !

– Pourquoi tu vas chez Nathan ? Y'a un truc entre vous ou quoi ?

Sa deuxième question était un peu agressive.

– Non, répondis-je, catégorique. Il est malade, je veux m'assurer qu'il n'a besoin de rien. Pourquoi, t'es jaloux ?

– De lui ? Non.

Il me fit sourire.

– Tu sais que ta réponse prête à confusion ? On dirait que tu es jaloux de moi parce que je vais chez lui et pas toi.

– Tu sais très bien ce que je voulais dire. Merde, vous me faites toutes chier ce soir !

J'aurais laissé couler sa remarque si je n'avais pas enchaîné les frayeurs ces derniers jours. Michaël fit les frais de mon stress :

– Oh ! Tu vas calmer ta joie ? C'est pas parce que ta meuf te casse les couilles que tu dois te venger sur moi !

– Parle autrement, me prévint-il à mi-chemin entre le conseil amical et la menace. T'as qu'à arrêter de taper des réflexions à la con si t'as pas envie de t'en prendre plein la gueule en retour.

– C'était de l'humour ! éructai-je. Pas besoin de monter sur tes grands chevaux dès qu'on dit quelque chose !

– Putain mais t'es...

— Je suis pas d'humeur alors ferme-la ! T'es aussi saoulant que ta gonzesse, lâchai-je en me tournant vers la fenêtre avec l'intention de l'ignorer durant tout le trajet.

Ce qui sembla le calmer. Il ne décocha plus un mot jusqu'à ce qu'il se gare au pied de l'immeuble de Nathan.

Le silence avait fait retomber la pression entre nous. Michaël coupa le moteur et enleva sa ceinture.

— Tu vas où ? demandai-je sèchement.

— Le saluer, répondit-il sur le même ton. Pourquoi ? J'ai aussi besoin de ta permission ?

Je contrôlai de justesse mon envie de lui voler dans les plumes. Nathan n'avait pas besoin de me voir débarquer énervée. Je respirai donc un bon coup en maudissant Clara de me l'avoir autant mis en pétard et moi de ne pas avoir réussi à éteindre la mèche, bien au contraire.

Michaël descendit de voiture sans m'attendre. J'en étais encore à me demander quelle excuse j'allai lui donner pour expliquer l'état de Nathan qu'il pénétrait déjà dans le hall. Nous n'eûmes pas à attendre l'ascenseur déjà au rez-de-chaussée, alors nous nous retrouvâmes devant sa porte avant que j'aie pu trouver une idée plausible. Je n'avais plus le choix.

Avant d'entrer, je prévins Michaël :

— Nathan n'est pas tout à fait malade, confiai-je.

— Qu'est-ce qu'il a ?

— Tu verras. Par contre je te préviens : je ne répondrai à aucune question le concernant. Absolument aucune.

J'avortai sa réplique en ouvrant la porte. Une atmosphère malsaine me hérissa le poil. Une seconde plus tard, la sensation disparut. Je vis la silhouette de Tit glisser sous le canapé.

La voie était libre.

**

Nathan – Saint Exorciste
Chevalier de l'ordre de Saint-Jean de Jérusalem

J'avais perdu la notion du temps. Mes seules certitudes étaient qu'il faisait nuit, que j'étais allongé sur mon canapé et que Tit veillait, assis à mes pieds. J'avais repoussé la couverture jusqu'à mes hanches afin que l'air frais me tienne éveillé, car les Ombres glissaient sur les murs dans des frottements lugubres. Si elles n'osaient pas approcher à cause du domovoï, je sentais leur haine dégouliner sur le sol.

Un esprit des maisons n'était jamais plus fort que dans son propre foyer. Les créatures maléfiques qui pénétraient sur son territoire subissaient ses foudres, qui ne se résumaient pas à un lancer de vaisselle. Les Ombres le savaient. Voilà pourquoi elles tournaient autour de moi en espérant que mon protecteur finirait par se lasser et par vaquer aux tâches qui l'occupaient d'ordinaire toute la nuit.

J'entendis soudain la porte s'ouvrir. Les Ombres prirent la fuite et Tit glissa sous le canapé.

Je ne gardais pas de souvenirs très nets de ce qu'il s'était passé après l'exorcisme. Des visages me revenaient en mémoire par flash, dont celui de Donna, tantôt paniqué tantôt amical. Ce devait être elle.

On alluma la lampe de l'entrée. Une seconde après, Donna se pencha sur moi en enlevant son blouson.

– Ça va ? demanda-t-elle sur un ton bas.

– Je récupère.

J'étais presque aphone. Je me raclai la gorge bien que peu convaincu par le résultat.

– C'est bien. Je vais te préparer un truc à manger.

– Je n'ai pas faim.

– Je ne te demande pas ton avis.

Elle me sourit puis fila à la cuisine. Je fermai les yeux afin de les reposer un peu en attendant son retour. Une autre présence à côté de moi se fit alors sentir. Quand je rouvris les yeux, ils accrochèrent ceux de Michaël. Une douleur vive mais brève compressa ma poitrine et contracta brusquement tous mes muscles.

Michaël me détaillait en silence tandis que je guettais sa réaction. Mon air surpris ne dut pas lui échapper puisqu'il m'expliqua être le chauffeur de Donna pour la soirée.

Un silence s'installa, seulement perturbé par l'entreprise de l'étudiante. Michaël semblait ne pas savoir quoi faire, alors il s'assit à côté de moi. Son attention passa de mon visage griffé au tatouage sur ma poitrine. Sans dire un mot, il posa une main sur la croix située au-dessus de mon cœur et en suivit les lignes.

— La texture pierre et l'effet 3D sont bluffants. Tu les as fait faire par qui ?

— Un tatoueur de la Cour des Miracles.

— Ça a un rapport avec la chevalière dont t'a parlé le prêtre et que tu es censé porter ? C'est bien la croix d'un ordre chrétien, non ?

J'hésitai à lui répondre.

— Il me suffirait de chercher la devise sur le Net, je suis sûr que je finirais par trouver des infos, ajouta-t-il.

— C'est l'Ordre de Saint-Jean de Jérusalem.

— Tu en fais partie ? C'est pour ça que tu ne veux pas parler de toi ?

Je ne répondis pas. J'avais peur de le faire. Peur que cela enclenche un engrenage infernal qui lierait Michaël à cet univers démoniaque. Je ne voulais plus connaître le deuil d'une personne chère.

Michaël posa sa main chaude au niveau de mon cœur. Il fronça les sourcils d'étonnement.

— Il bat pas un peu trop doucement ?

Il se tut un instant.

— Il est à cinquante battements par minute. T'as vu un médecin ?

Heureusement, sinon mon cœur aurait déjà lâché tant l'exorcisme l'avait fatigué.

— Nathan, je suis capable de garder des secrets.

C'en était assez. J'attrapai sa main posée sur mon torse avec l'intention de le repousser. Dès l'instant où nos peaux rentrèrent en contact, une brève décharge électrisa nos doigts. Si Michaël poussa une exclamation de surprise, l'électricité contracta mes muscles et me fit gémir de douleur.

Donna arriva en courant.

– Qu'est-ce qu'il y a ?! paniqua-t-elle.

– On a pris le jus, répondit Michaël.

– Nathan ?

Elle voulait savoir si l'interprétation de Michaël était exacte ou si une chose moins « banal » venait d'arriver. Mais je n'avais pas la réponse. La décharge avait été trop puissante pour de la simple électricité statique. J'étais pourtant incapable de dire ce qu'il s'était passé. Peut-être un simple résidu de l'énergie utilisée durant l'exorcisme ?

Ou autre chose.

Quoi qu'il en soit, Donna n'avait pas besoin de savoir, alors je confirmai la version de Michaël. Soulagée, elle retourna terminer mon encas.

– Je te ferai des courses demain, lança-t-elle depuis la cuisine.

– J'ai pas besoin de toi, râlai-je.

Ma voix était si faible que même Tit, toujours caché sous le canapé, n'avait pas dû m'entendre.

– Je crois qu'elle t'a adopté, me dit Michaël. Au début je pensais que tu lui foutais les jetons. Faut croire que je me suis trompé.

Je lui faisais réellement peur, il n'y avait pas si longtemps. Son comportement avait changé depuis l'exorcisme de Camille.

J'avais horreur qu'on me prenne en pitié, mais je devais avouer qu'elle me rendait bien service. Une fois cette histoire tirée au clair, je couperai les ponts avec elle. Avant, j'aurais sans doute besoin de son aimant à chance.

J'étais claqué. La chaleur du corps de Michaël réchauffait mon flanc droit et savoir qu'il gardait les yeux rivés sur moi me rassurait. Je fermai mes paupières alourdies par ma faiblesse. Débarrassé des Ombres, je me sentais en sécurité. En prime, la bonne odeur de bouillon réveilla mon appétit. J'en savourais le fumet quand je sentis les doigts de Michaël effleurer mon visage. Un bien-être intense se diffusa dans tout mon corps. Son pouce frôla une entaille sur mes lèvres, j'ouvris les yeux.

Seigneur, qu'il était beau, votre archange.

– C'est prêt ! annonça Donna.

Michaël retira sa main, créant un vide en moi. Il se leva pour céder la place à son amie qui nous rejoignit, un bol rempli dans les mains.

– C'est chaud, prévint-elle en s'asseyant. Ouvre la bouche.

Sans s'en rendre compte, elle mima son propre ordre. Je la regardai de travers. Elle ferma la bouche.

– Je peux manger tout seul, assurai-je.

– Tu peux bouger ?

Je me redressai pour toute réponse, non sans grimacer et gémir. Une fois assis correctement, un peu essoufflé, j'attrapai le récipient.

– Ça va aller ? insista-t-elle.

– Oui. Rentre chez toi et viens demain en début d'aprèm.

– Je peux rester là si...

– Dehors, la coupai-je d'une voix ferme.

L'ordre était sans appel. Un peu déçue par ma réaction hostile après tout ce qu'elle avait fait pour m'aider, elle se rhabilla pour sortir. Michaël ne m'accorda pas un regard et quand ils partirent, des frottements macabres longèrent les murs.

CHAPITRE 17

Nathan – Saint Exorciste
Chevalier de l'ordre de Saint-Jean de Jérusalem

Je réussis à me lever le lendemain. Je récupérais vite. Cela me permit d'aller chercher ma moto chez Christine dans un premier temps, puis de me pencher à nouveau sur mon affaire une fois rentré.

Avant toute chose, j'avais besoin de support visuel pour m'aider à réfléchir. Je me rendis dans mon bureau faisant aussi office de salle de sport. J'allumai mon ordinateur avant d'imprimer une carte des alentours de la basilique. Accrochée sur mon tableau en liège, elle me permit de noter les dates et lieux des exorcismes de février. Lorsque je me reculai pour obtenir une vision d'ensemble, un détail me frappa.

Je fouillai dans mes tiroirs pour attraper un rapporteur avec lequel je traçai deux points supplémentaires. Puis je reliai les cinq emplacements à la règle. Sous mes yeux plissés par l'inquiétude se dessina un pentacle inversé avec la basilique en son centre.

Ce n'était pas bon du tout, mais ça expliquait pourquoi démons et Ombres gagnaient en puissance : ils étaient liés au pentacle. Leurs pouvoirs ne feraient donc que croître jusqu'à l'apothéose lors du cinquième exorcisme.

Maintenant que j'avais le « comment », il me manquait le « qui » et le « pourquoi ».

Il me fallait également identifier les dernières cibles avant qu'elles ne soient possédées. Si j'évitais leur exorcisme, j'empêcherai la finalisation du pentacle et du projet associé, quel qu'il soit.

Seulement, je n'avais aucune idée de la manière de les trouver : chaque pâté de maisons abritait des dizaines de familles. Le temps de rassembler des informations sur chacune, et surtout sur leurs enfants, ce serait peut-être trop tard. Le sort devait se terminer tant que la lune était croissante, car une décroissante diminuerait sa puissance au point de le rendre caduc. Nous étions le 25 février, il restait quatre jours.

Il était peut-être temps de demander de l'aide à Père Luc. Son réseau était plus étendu que le mien.

Je lui passai un coup de fil. Comme je m'y étais attendu, il me bombarda de questions sur ce qui s'était passé et ce qui pourrait arriver, mais aussi sur mon degré d'implication dans l'histoire. Je n'aurais jamais pensé que lui donner trop d'informations pourrait être une erreur…

Père Luc finit par noter les lieux des deux prochains exorcismes en me promettant de me rappeler s'il avait du nouveau.

– Nathan, c'est moi ! entendis-je alors.

Je consultai l'heure : Donna n'était pas en retard. Je la rejoignis dans la cuisine au moment où elle posait des courses sur le plan de travail.

– Laisse ça et viens, ordonnai-je. J'ai besoin de ton aide.

Elle dut hésiter à me suivre car je l'entendis trottiner pour me rattraper. Une fois dans mon bureau, elle prit quelques secondes pour observer ce qui s'y trouvait avant de s'immobiliser devant mon panneau en liège.

– C'est une blague ?

– Non, répondis-je. Au moment où j'exorcise les démons, ils laissent une marque avant de retourner en Enfer. Une fois les cinq marques apposées, elles activeront le pentacle.

– Mais...

Donna semblait ordonner ses pensées.

– Je crois que je ne comprends pas bien les implications concrètes que ça a, me dit-elle. Je veux dire, je sais qu'un pentacle à l'envers c'est le signe du diable. Mais il va se passer quoi une fois que tu auras pratiqué les deux derniers exorcismes ?

– Tout dépend de l'individu derrière tout ça. Un pentacle permet de canaliser la force des cinq éléments en son centre, ici la basilique. Une personne cherche peut-être à ouvrir les portes de l'Enfer.

– Pourquoi ?

– Je ne sais pas. Je ne suis pas doué pour comprendre les dégénérés.

– Qu'est-ce que tu veux faire ?

– Établir un lien entre les trois premières victimes pour identifier les deux prochaines.

Donna prit le temps de lire les informations annotées sur le plan de la ville. Il y avait l'identité des possédées, leur âge, leur sexe, la date de leur exorcisme ainsi que le nom de leurs parents.

– Elles sont toutes filles uniques ? me demanda Donna.

– J'ai vérifié et Lola a un grand frère.

Un silence tomba. Il dura quelques secondes avant que Donna, sceptique, ne se tourne vers moi.

– Qu'est-ce que tu attends de moi, au juste ?

– Que ta chance nous mette sur une piste.

– Ma chance ? répéta-t-elle, dubitative.

– Même pour une personne veinarde, tu as beaucoup trop de chance, expliquai-je. Non seulement tu l'attires pour toi mais aussi pour toutes les personnes qui te fréquentent. Tu deviens alors une charnière dans leur vie en provoquant leur destin, en leur ouvrant de nouvelles voies. C'est ce que je veux que tu fasses. Que tu sois ma chance.

– Ce n'est pas de chance dont tu as besoin. C'est de logique.

– Ta chance ne va pas me servir à obtenir des informations car je finirai par les avoir, mais ça sera sans doute trop tard. Grâce à toi, j'espère les trouver à temps pour empêcher les dernières filles d'être possédées afin de les protéger. C'est le seul moyen pour moi de rester en vie.

— Comment ça ?

Cette fois, ce fut à moi de la regarder.

— Au rythme où les démons gagnent en puissance, je ne survivrai pas au cinquième exorcisme.

Mon téléphone sonna. Je décrochai en voyant le numéro du Père Luc.

— Déjà ? m'étonnai-je. Tu as fait fort.

— *J'aurais aimé, mais non.*

Sa voix était étrangement grave.

— Un nouveau cas de possession ? devinai-je.

— *Rue Dalayrac, chez Philippe Petit. Sa fille, Zoé, douze ans.*

Je notai tout sur le plan au fur et à mesure. Donna posa son doigt sur le premier nom de famille.

— Le prénom du père et le nom de famille commencent par la même lettre à chaque fois, chuchota-t-elle.

Merde, elle avait raison ! Pourquoi je n'avais pas remarqué ça tout seul ? Quel crétin...

Je répétai l'information à Père Luc avant de raccrocher, l'esprit préoccupé.

Zoé... Je devais la sauver. Ne rien faire serait empêcher la formation du pentacle mais ce serait aussi condamner l'âme de la gamine aux flammes de l'Enfer. Je préférai tenter le Diable plutôt que de l'abandonner.

— Rentre chez toi, ordonnai-je à Donna tout en rejoignant l'entrée.

Je passais mon manteau quand elle s'avança vers moi l'air déterminé.

– Hors de question que tu ailles là-bas tout seul. Je te rappelle que si je n'avais pas été là la dernière fois, tu serais mort sur place.

– C'est trop dangereux. Mes prières ne te protégeront pas longtemps, ce démon sera plus puissant que le dernier.

Elle attrapa le second casque posé sur mon meuble d'entrée et l'enfila :

– Le seul moyen pour m'empêcher de venir est de m'assommer.

– Tu m'aurais dit la même chose si tu n'avais pas eu le casque ?

– Non. C'est pour ça que je l'ai mis avant.

Je vis à ses pommettes qu'elle souriait. Elle était fière d'elle, en plus.

– Fais comme tu veux. Tit ! appelai-je. Je te laisse ranger les courses !

Certain qu'il le ferait malgré l'absence de réponse, je récupérai le reste de mon équipement, m'assurai que j'avais ma *crucem nomine*, puis Donna et moi prîmes la route sous un ciel blanc.

En moto, je n'eus aucun mal à me faufiler entre les voitures le long du boulevard Lazare Carnot, avant de bifurquer à gauche dans l'étroite rue Dalayrac. Je me garai à l'adresse indiquée. J'enlevai mon casque pour embrasser l'immeuble de briques rouges du regard. Je n'étais pas encore entré que le Mal en la demeure me hérissait déjà le poil. Je baissai les yeux sur mon assistante improvisée. Elle vit à mon expression que je redoutais ce qui allait se passer à l'intérieur. Le remède du père de Virginie n'avait pas encore eu le temps de me retaper complètement.

Je frappai à la porte d'entrée et le même rituel de présentation se répéta avec Judith, la mère de Zoé. Lorsqu'elle nous laissa face à la porte de sa fille, je me tournai vers Donna.

— Il vaut mieux que tu restes ici. Si le démon te prend pour cible, je risque d'avoir du mal à gérer ta protection et l'exorcisme.

Elle hésita, puis approuva d'un hochement de tête.

— D'accord, mais dès que je n'entends plus rien, je rentre. J'ai travaillé mon massage cardiaque !

Le pire, c'était qu'elle était sérieuse. Cette fille n'était pas normale.

J'ouvris la porte.

— Bonne chance, Nathan.

Je ne me retournai pas vers Donna par peur de garder en tête son air que je devinais apeuré. Je devais me concentrer.

À l'intérieur de la chambre, la poignée m'échappa des mains quand la porte claqua. Le néant assombrit soudain la pièce, dissimulant jusqu'au dernier instant une silhouette qui se jeta sur moi en grognant. Surpris, je n'eus pas le temps de l'esquiver. Le démon me fit tomber à la renverse, m'obligeant à le repousser avec mes bras afin qu'il ne me défigure pas avec ses ongles.

– Je te tuerai-je te tuerai-je te tuerai-je te tueraiiiiiii fils de pute ! crachait le démon.

Il hurla si fort qu'une douleur aiguë traversa mon crâne d'une oreille à l'autre. Un liquide chaud en coula, ma vision se troubla.

C'était violent. Je n'avais pas de temps à perdre.

La gamine se débattait, tirant avec acharnement sur ses bras pour se dégager de ma prise. J'attendis qu'elle y mette toute sa force pour la lâcher. Sous l'impulsion de ses jambes, elle fut projetée en arrière. Je me jetai sur elle, ma *crucis* tendue devant moi, et la plaquai sur sa poitrine.

Allatou.

On pouvait passer aux choses sérieuses.

CHAPITRE 18

Donna – Étudiante en stress

Je m'étais adossée au mur opposé à la chambre en prenant soin d'être décalée par rapport à la porte. Si autre chose que Nathan en surgissait, je ne serai pas sur sa trajectoire directe.

Un bruit étouffé de l'autre côté des parois me fit frissonner de peur. Je sortis d'une poche le chapelet offert par Nathan lors de notre exorcisme ensemble. Je n'avais pas eu le courage de m'en séparer. Je ne croyais toujours pas en Dieu, en revanche je le voyais comme le plus grand ami de Nathan. Ce fut à lui que je pensai en emprisonnant le crucifix au creux de ma main tremblante. S'il priait pour la paix de tout le monde, je priai pour la sienne et pour que ma chance le prenne sous son aile.

Les battements de mon cœur se calquèrent sur les heurts contre le battant clos. Je crus mourir à chaque silence. Alors que des hurlements me tiraient des larmes d'effroi, je vis de la fumée noire passer sous la porte.

Une masse passa soudain au travers du bois qu'elle explosa. Je protégeai mon visage de mes bras pour éviter les éclats tout en laissant échapper un cri de surprise. Quand j'osai regarder, Nathan était allongé sur le sol, une gamine accroupie sur lui. Ses petites mains compressaient le thorax de mon exorciste à l'en faire craquer par à-coups. Si personne ne l'arrêtait, les côtes de Nathan perceraient ses poumons ! Je balançai sans hésitation le chapelet sur la gamine avec un cri de rage. Zoé hurla comme une démente quand le collier heurta sa tête. Le crucifix la brûla, offrant une diversion dont Nathan profita.

– Retire-toi, Allatou, articula-t-il malgré le sang dans sa bouche.

Le démon hurla encore avant d'être emporté en Enfer par des longs bras décharnés.

J'aurais aimé que le calme retombe. À la place, Nathan hurla à la mort. Je me précipitai vers lui pour l'aider. Il me repoussa brutalement. Je me retrouvai sur les fesses à le regarder se tordre de douleur. Le visage déformé par la souffrance, il enleva son manteau, son pull et son tee-shirt pour dévoiler, sous mon regard horrifié, la peau rougie de son torse rongé par un feu invisible.

Judith arriva à cet instant. Elle ne comprit pas vraiment ce qu'elle vit. Je me relevai, attirant son attention.

– Allez chercher de l'aide ! ordonnai-je sur un ton pressant.

Elle fila comme un trait.

Soudain, Nathan arrêta de bouger. Je l'allongeai sur le dos pendant que le bracelet buvait le sang par terre : son cœur ne battait plus !

— Pas encore, me lamentai-je.

Je commençai un massage cardiaque. Je pris conscience de mes larmes lorsqu'elles ruisselèrent sur son torse nu. Elles se transformaient en vapeur dès qu'elles touchaient sa peau brûlante.

— Repars. Repars !

Je compressais sa cage thoracique, lui faisais du bouche à bouche, compressais encore mais rien n'y faisait et la chaleur me mordait les mains. Mon ventre était contracté par la terreur, ma vue embuée par mes larmes, pourtant je m'acharnais sur son thorax avec la force du désespoir.

Son cœur ne repartait pas. J'étais en train de le perdre !

— Si tu l'aimes vraiment, Seigneur, c'est le moment de le prouver !

— Par là ! entendis-je alors.

Judith arriva en compagnie de deux hommes. Mon cœur s'envola dans ma poitrine en reconnaissant Dylan et Michaël. La surprise de les voir là passée, je me souvins que Michaël emménageait dans cette rue, dans cet immeuble. Les garçons se précipitèrent d'un même mouvement.

— Qu'est-ce qui se passe ici ? demanda Dylan, désemparé face à la situation.

— Son cœur bat plus, geignis-je.

Michaël s'agenouilla à côté de Nathan avec l'intention de lui prendre le pouls au poignet droit. Quand leurs mains se touchèrent, une décharge surprit mon ami qui sursauta.

– Fait chier ! pesta-t-il.

Je crus voir la poitrine de Nathan bouger. Je positionnai mon oreille au-dessus de sa bouche : un faible souffle caressa ma peau. Une joie sans nom gonfla mon cœur.

– Il respire ! m'exclamai-je.

– Dylan, aide-moi, intima Michaël.

Chacun passa un bras de Nathan à son cou avant de le soulever. Je me redressai, récupérai les vêtements et les suivis, une main posée sur le dos de Nathan comme si ce geste vain pouvait les aider à le porter. Sa peau était rouge, parfois entamée jusqu'au sang. Heureusement qu'il était à moitié conscient.

Je suivis les garçons jusqu'au monospace de Dylan. Michaël monta le premier à l'arrière où les sièges avaient été rabattus pour son déménagement. Il tira Nathan à l'intérieur non sans peine, puis une fois adossé au siège conducteur, il cala mon exorciste dans ses bras. Je grimpai avec eux avant de fermer la porte pendant que Dylan s'installait au volant.

– C'est quel hôpital le plus proche ? demanda-t-il.

– On va chez Nathan, rectifiai-je en entrant son adresse sur le GPS de mon portable.

– Il a besoin de soins, contra Michaël.

– Rue Émile Cartailhac, ordonnai-je à Dylan sur un ton sans appel.

Je lui donnai mon téléphone, il le cala sur son tableau de bord et fila dans les rues de la ville.

– Euh... Donna, m'interpella Michaël.

Quand je reportai mon attention sur lui, ce ne fut pas son air atterré qui me frappa, mais le flux bleuté qui passait de sa main à celle de Nathan.

– Qu'est-ce que c'est, Donna ?

– Je ne sais pas mais ça le guérit. Regarde son avant-bras.

Envolée la brûlure. Sa peau était intacte comme si rien n'était arrivé.

– Son cœur est reparti quand vous avez pris le jus, me souvins-je. Ça ne peut pas être une coïncidence.

Michaël me fixa, avant de baisser les yeux sur sa main nouée à celle de Nathan. J'aurais imaginé qu'il dirait quelque chose en assistant à un tel phénomène, mais non. Le seul sentiment qui passa sur son visage fut le soulagement de voir le torse de Nathan retrouver sa couleur pâle.

– Donna, dit-il après un instant. Je veux que tu m'expliques.

Je pinçai mes lèvres, embarrassée par sa requête.

– J'aimerais bien, vraiment, mais je ne sais pas si j'ai le droit. Je préférerais que ce soit Nathan qui le fasse.

Il ne dit rien. Il réinstalla Nathan contre lui de sorte que son visage repose au creux de son cou. Je fus étonnée de le voir aussi protecteur envers Nathan sans même le connaître.

Se sentait-il responsable de sa vie à cause de ce flux bleuté ?

Pour être honnête, je m'en fichais. Tout ce qui m'importait était que Nathan survive. S'il ne devait garder aucune séquelle en prime, c'était parfait.

À un virage, je m'accrochai au siège avant pour ne pas être projetée contre la portière. Dylan conduisait un peu plus vite que la limitation de vitesse mais sa conduite était tellement souple et maîtrisée que cela ne se ressentait presque pas – sauf dans les virages –. Je le regardais fixer la route et la seule pensée qui me vint fut celle de me blottir dans ses bras pour évacuer toute la peur que j'avais ressentie. Je voulais qu'il me serre contre lui, qu'il me chuchote que tout irait bien.

Que tout irait toujours bien.

Dylan se gara une dizaine de minutes plus tard. Lorsque nous descendîmes de voiture, Nathan était conscient, pouvait parler mais devait toujours être soutenu par Michaël pour atteindre l'appartement. Quand je voulus en ouvrir la porte, elle était entrebâillée. Je poussai le battant avant de précéder mes camarades.

Trois hommes nous attendaient.

Qu'est-ce qu'il se passait, bon sang ?

Un quatrième type referma la porte derrière nous. Le plus vieux des trois premiers fit un pas dans notre direction, la tête haute, et parla sur un ton grandiloquent qui me fit grincer des dents.

— Nous vous attendions, Nathan.

Tiens, il le vouvoyait.

– Qui êtes-vous ? demandai-je en m'interposant entre l'inconnu et mon exorciste.

L'autre me considéra avec mépris. Un sourire ambigu releva le coin de ses lèvres fines.

– Nous venons chercher Nathan.

Une lueur de satisfaction passa dans ses yeux marron.

Ça s'annonçait mal.

CHAPITRE 19

Nathan – Saint Exorciste
Chevalier de l'ordre de Saint-Jean de Jérusalem

Je relevai la tête en dépit de l'incendie qui me consumait. Ma main droite était toujours posée sur celle de Michaël avec laquelle il me soutenait par le torse. Je devais récupérer au maximum.

— Pourquoi t'es là, Julian ? demandai-je.

— Je l'ai dit. Gaël, Simon, Henri et moi-même venons vous chercher pour vous mettre à l'abri.

Je ne pus retenir un rire ironique.

Tout ce que voulait l'Ordre, c'était s'assurer que je reste en vie, peu importait si une gamine devait mourir pour ça.

— À l'abri, tu parles... Dégagez, avant que je m'énerve.

— Toujours aussi arrogant, à ce que je vois, constata Julian en se plantant sous mon nez. Peu importe. Vous nous suivez, de gré ou de force.

OK, là, j'en avais marre.

Je lâchai la main de Michaël et me redressai de toute ma hauteur. Julian leva les yeux vers moi. Son regard était rieur, je compris pourquoi quand Henri, resté près de la porte, m'attrapa soudain les bras et me passa des fers. Il avait agi si vite que je n'avais rien pu faire. Julian sourit.

– On s'assure que vous n'utiliserez pas vos mains à mauvais escient, se justifia-t-il.

Cette fois, c'était à mon tour de sourire. Julian ravala sa bonne humeur quand je me penchai un peu vers lui.

– Je n'ai pas besoin de mes mains, chuchotai-je.

Ma tête heurta violemment la sienne. Avant que Julian tombe à la renverse, mon genou percuta son ventre. Il se vautrait à peine sur le sol que Gaël et Simon attaquèrent. J'accueillis le premier avec un coup de pied latéral dans la tête et le deuxième avec un coup circulaire retourné en pleine tempe. Il s'écroula, inconscient. Je m'avançai vers Gaël en train de se relever et le mis K.O. d'un coup de genou au visage. Les muscles gonflés par la rage, je me retournai vers Henri avec l'intention de me le faire aussi.

Je me figeai net.

Cet enfoiré avait collé le canon d'un pistolet sur la tempe de Michaël.

– On a le droit aux victimes collatérales, me dit-il. Il vaudrait mieux pour votre ami que vous coopériez gentiment.

L'adrénaline chuta en piqué, alors la douleur se propagea à nouveau en vagues dévastatrices. Ce ne fut pourtant rien en comparaison du coup de poing que Julian me donna dans les reins et qui irradia dans tout mon dos. Il m'agrippa les cheveux une fois que je fus à genoux et me força à regarder son visage ensanglanté.

– On connaît ton point faible, sale pédé.

– Je ne suis pas pédéraste. N'inverse pas les rôles, crevure.

La fureur déforma ses traits. Il me frappa de toutes ses forces jusqu'à ce que je m'écroule. Même à terre, il me roua de coups. J'entendais Michaël, Donna et Dylan l'implorer mais rien n'y faisait. Sous le canapé à pieds, Tit me fixait d'un regard haineux, le poil hérissé, prêt à tuer ces raclures sur un ordre de ma part.

Mes lèvres ne mimèrent qu'un seul mot : « Chut ».

Il s'apaisa aussitôt, plus par surprise que par obéissance. S'il les tuait, ma vie serait un véritable enfer car l'Ordre ne me lâcherait plus. Je ne voulais pas passer le reste de mes jours enfermé dans une cage.

Quand Julian se fut défoulé sur moi, les coups cessèrent, me laissant à moitié conscient.

– On l'embarque ! ordonna-t-il.

Je sentis des mains m'attraper par les épaules. Je souris à Tit pour le rassurer, puis il disparut de mon champ de vision quand les Chevaliers me soulevèrent.

**

Donna – Étudiante paniquée

Je m'étais réfugiée dans les bras de Dylan quand la situation avait dégénéré. Je n'avais pas compris ce qu'il se passait mais je savais que Michaël, Dylan et moi serions en danger si nous intervenions.

Quand l'autre type avait menacé Michaël, j'avais pensé que l'histoire ne pourrait pas bien se terminer. Mais Nathan avait attiré toute la colère de ces enfoirés sur lui en les laissant le tabasser. J'avais beau les avoir exhortés à arrêter, ils n'avaient pas écouté. La colère leur avait fait perdre tout bon sens.

Enfin, le calme tomba.

Allongé sur le sol, Nathan ne bougeait plus. La panique me gagna à l'idée du pire, jusqu'à ce que deux types le relèvent : il tenait difficilement sur ses jambes mais il était vivant !

Le mec qui braquait Michaël le fit reculer et nous demanda de faire de même. Nous obéîmes à contrecœur, conscients que nous ne pouvions rien faire contre une arme. Contrairement à Nathan, nous ne savions pas nous battre. Pourtant, une rage viscérale grondait dans mon ventre.

J'aurais tout donné pour faire avaler leurs dents à ces enfoirés !

Le souvenir de ma conversation avec Roger, le médecin sorcier, me revint alors. Il m'avait dit que le reste des Chevaliers devait soit admirer Nathan, soit le détester. Je crois que j'avais ma réponse.

Seulement, je ne comprenais pas bien pourquoi. Il était différent, oui, mais en quoi ? Du moins, à quel point ?

Julian, ses deux collègues et Nathan prisonnier s'en allèrent. Le dernier homme recula sans baisser son arme.

– J'ignore ce que vous savez, nous dit-il, mais oubliez-le tout de suite. Retournez à vos vies tranquilles et n'approchez plus jamais Nathan. Dans le cas contraire, on vous tuera.

Il se prenait pour qui à nous dire quoi faire ? Notre mère ?

Bâtard !

Il baissa enfin son arme et ferma la porte derrière lui.

Un silence étrange s'installa. Tout contre Dylan, je le sentis encore tendu tandis que Michaël semblait hagard.

– Qu'est-ce qui s'est passé, là ? demanda Dylan, interloqué.

Je levai la tête vers lui.

– Si tu m'accompagnes à la basilique, je te raconte tout en chemin.

– On y va, décida Michaël.

Sur le trajet, je pris le temps de leur expliquer ce que je savais, tout ce que j'avais vu. Je fus en revanche incapable de répondre à la majorité de leurs questions tant elles furent nombreuses. Mais j'avais bien l'intention de trouver des réponses.

Nous arrivâmes à la basilique à peine une minute plus tard puisque mon exorciste habitait une rue adjacente. À l'intérieur, nous fîmes le tour jusqu'à trouver le prêtre qui avait interpellé Nathan le jour où je lui avais porté le message de l'esprit. Il nous reconnut puisqu'il nous demanda de le suivre jusqu'à son office. Une fois à l'abri des oreilles indiscrètes, il nous fit asseoir.

– Je sais pourquoi vous êtes là, avoua-t-il en se servant un verre d'eau. Je suis navré, je ne peux rien pour vous.

Je me levai, tremblante de colère.

– Écoutez-moi attentivement, ordonnai-je d'une voix mauvaise et impatiente. Votre putain d'Ordre vient d'enlever Nathan et je vous jure que si vous ne nous expliquez pas ce qu'il se passe je fous le feu à votre église après vous avoir empalé sur l'autel !

Mon ton autoritaire et vindicatif le laissa sans voix. Tant mieux. Je me rassis et croisai les jambes. Père Luc joua avec son verre le temps que dura sa réflexion. Après un instant qui me sembla interminable, il tira son fauteuil de bureau et s'y installa.

– Que savez-vous sur Nathan ?

– C'est un exorciste de l'ordre de Saint-Jean de Jérusalem dans lequel il a une place particulière, ses mains sont reliées aux Cieux et à l'Enfer et son bracelet boit son sang après chaque exorcisme. Et je sais que les autres Chevaliers le détestent.

Père Luc esquissa un sourire ironique.

– Dire qu'ils le détestent est un euphémisme, ma fille.

– Pourquoi ? demanda Michaël.

L'homme soupira de désarroi. Je le crus prêt à garder le silence, jusqu'à ce qu'il reprenne :

– Parce que Nathan représente ce que l'Ordre admire et déteste.

CHAPITRE 20

Donna – Étudiante impatiente de comprendre

« Ce que l'Ordre admire et déteste » ?

Je ne comprenais rien. Nathan combattait les démons, comment son Ordre pouvait-il l'avoir pris en grippe ?

— C'est à cause du pouvoir de ses mains ? avançai-je.

— Ce n'est qu'un détail. Pour comprendre, il faut remonter à avant sa naissance.

Nous nous pendîmes à ses lèvres. J'avais imaginé beaucoup de choses sur le passé de Nathan, mais je n'aurais jamais eu l'esprit assez malsain pour ne serait-ce qu'effleurer la vérité.

Père Luc nous parla de Sœur Marie, la mère de Nathan. Elle était belle comme un ange et aussi pure que la Sainte Vierge. Sans doute trop pour ce monde hideux. Chaque rose éclatante qui y fleurit finit toujours broyée par le vice humain. Marie n'y fit hélas pas exception. Un soir d'hiver où elle servait des repas à des sans-abri, un homme parvint à l'attirer à part et la viola. Neuf mois plus tard, Nathan naissait en même temps que sa terrible malédiction…

Le prêtre s'interrompit. Il vida le fond de son verre, le posa sur son secrétaire et se racla la gorge avant de reprendre son histoire.

Il nous expliqua que le viol d'une femme de foi était considéré chez eux comme une insulte directe à Dieu, un acte de défi. Et lorsque la religieuse portait l'enfant de son violeur, il devenait le réceptacle idéal pour les forces du Mal.

– Il faut savoir, ajouta-t-il, que depuis toujours, Satan est opposé à son rival Belzébuth. L'Enfer ne connaissait que leurs incessantes luttes de pouvoir jusqu'au jour où Satan scella son challenger dans l'enfant à naître de Sœur Marie, liant ainsi les deux âmes jusqu'à la mort de l'hôte humain.

– Comment vous avez su, pour la nature de Nathan ? questionnai-je d'une voix affectée.

– De la plus simple des manières. À sa naissance, Nathan avait une queue à la base du coccyx.

Sa révélation me fit frissonner d'horreur.

Père Luc nous expliqua ensuite, sur un ton bas et fragile, que l'Ordre aurait dû enfermer l'enfant et l'oublier, mais Sœur Marie se battit jusqu'à son dernier souffle pour que le bébé, qu'elle ne reconnut pourtant pas officiellement, soit recueilli par les Hospitaliers et reçoive une éducation qui ferait de lui un homme de bien. Les grands Maîtres, sous l'autorité du Pape, acceptèrent.

Ils lui coupèrent la queue et le baptisèrent. Les circonstances de sa conception et le démon qu'il renfermait lui valurent son prénom, parce que Nathan ressemblait à Satan. Ils voulaient qu'aucun des leurs n'oublie. Après cela, un bracelet fut fabriqué et passé à son bras afin que Belzébuth ne puisse jamais prendre le contrôle de son âme ni communiquer avec lui. Même si le démon pouvait s'exprimer *via* le bijou, ce dernier faisait office de barrière infranchissable entre les deux êtres, protégeant ainsi Nathan de l'influence vicieuse du challenger de l'Enfer.

— En grandissant, continua le prêtre, des stigmates apparurent sur ses paumes et avec eux naquirent des pouvoirs redoutables. Les Hospitaliers s'aperçurent vite que grâce à sa main vengeresse, l'enfant alors âgé de six ans pouvait manipuler le feu de l'Enfer tandis que de sa main bénie, il guérissait les blessés et réchauffait ceux qui mourraient de froid. Si l'Ordre fut désarmé face à ce phénomène unique et incompréhensible, certainement dû à la nature contraire de l'enfant, Nathan mit son pouvoir au service des nécessiteux.

» Ce fut quand il repoussa seul un démon à l'âge de dix ans qu'on le fit rentrer dans le cercle fermé des Chevaliers exorcistes. Comme eux, il dut entraîner son corps et son esprit afin de protéger le monde au mieux. Mais en grandissant, son pouvoir gagnait en puissance et peinait à être maîtrisé.

» Plusieurs idées furent proposées, dont celle de lui couper les mains. Une solution fut heureusement trouvée : en canalisant chaque énergie grâce au symbole de la croix, Nathan parvint à contrôler le flux de son pouvoir. Les années passant, il devint le Saint Chevalier, le plus redouté des siens mais aussi le plus respecté par les créatures du monde paranormal.

Père Luc marqua une pause qui nous permit de respirer et d'assimiler toutes les informations. Je voulus poser une question quand il reprit :

– Ce qu'il abrite dans son corps n'est pas la seule raison pour laquelle il est mis à l'écart.

– Il y en a encore une ? s'étonna Dylan.

– Oui… C'est… Comment vous dire ça ?

– Dites-le simplement, l'encouragea Michaël.

Père Luc se massa la nuque, mal à l'aise.

– Nathan est… Comment dire… Il aime les hommes et, certainement par provocation envers les Hospitaliers, il ne s'en est jamais caché, bien au contraire. En dépit de son éducation et en raison de sa nature, il n'est pas relié à l'Église et n'a donc jamais prononcé aucun vœu, notamment celui de chasteté. On peut dire qu'il a mis son droit à profit, jusqu'au jour où il est tombé amoureux pour la première fois.

» La vie de Nathan exige de lourds sacrifices et possède son lot de dommages collatéraux, raison pour laquelle nous lui interdisons de se lier avec autrui. L'année de ses vingt-deux ans, un démon a pris son compagnon pour cible. Nathan a tout fait pour le sauver mais David n'a pas survécu. Il est mort dans ses bras et si l'Ordre n'était pas intervenu, la justice humaine l'aurait condamné pour homicide. Si nous avons pu lui éviter le jugement légal, les parents de David, eux, restent persuadés que Nathan est le meurtrier de leur fils.

» Depuis, il garde ses distances avec les gens de lui-même et s'il s'est associé à vous pour un temps, soyez sûrs qu'il disparaîtra de vos existences une fois cette histoire terminée. La leçon la plus importante que la vie lui a donnée est marquée au fer rouge dans sa mémoire...

Sa dernière phrase n'appela aucun commentaire.

L'atmosphère gênée me donna la désagréable impression d'avoir violé l'intimité de Nathan. Pourtant cette histoire, racontée avec tant de pudeur, me donnait envie de braver le danger pour montrer à Nathan que lui aussi avait le droit de ne pas être seul. Je me fis alors la promesse de le lui prouver, et pour ça je devais me ressaisir. J'avais encore des questions.

– Est-ce que les autres Chevaliers connaissent l'histoire ? interrogeai-je.

– Certains ne manquent pas de la déterrer pour humilier Nathan.

– Charmants, les collègues, marmonna Dylan.

– Pourquoi ils sont venus chercher Nathan ? demandai-je encore.

– S'il meurt, Belzébuth sera libéré. De plus, nous soupçonnons un des partisans du démon d'être derrière toute cette histoire. En mettant Nathan au cœur de son plan, il s'assure non seulement que le pentacle sera puissant, mais aussi que Nathan sera vulnérable après le dernier exorcisme.

– Comment ça se passe, cette histoire de pentacle ? Concrètement, je veux dire.

– Chaque démon que Nathan exorcise dépose une marque à l'endroit où il est renvoyé. C'est ce que nous appelons la « Marque des Cinq ». Une fois la dernière apposée, cela ouvre l'une des six grandes portes de l'Enfer par lesquelles rentrent, ou sortent, les démons les plus puissants.

– Qu'est-ce qu'on peut faire pour empêcher ça ?

– Nous avons trouvé la dernière cible, révéla-t-il. Nous pensions la mettre sous protection mais elle est déjà possédée. Le seul moyen pour que le démon à l'intérieur d'elle ne dépose pas sa marque est de ne rien faire.

– Mais la gamine risque rien ? questionna Dylan.

– Elle mourra, et son âme brûlera en Enfer pour l'éternité.

– Et vous n'allez rien faire ? intervint Michaël.

– Nous n'avons pas le choix, assura le Père Luc.

– Vous pouvez le laisser exorciser la petite, ensuite Michaël le guérira encore, proposa Dylan. Comme ça il pourra combattre les démons et...

Père Luc leva la main pour le faire taire.

– Comment ça « il le guérira encore » ? demanda-t-il.

Nous lui racontâmes le flux bleuté qui s'était créé lorsque Michaël avait touché la main droite de Nathan. Durant toute l'explication, l'étonnement ne quitta pas le visage du prêtre qui fixait mon ami.

– Tu es proche de Nathan ? lui demanda-t-il.

– Ben… Pas spécialement. On se connaît depuis une semaine.

– Ce n'est pas ce que je veux dire. Est-ce que tu es… comme lui ?

Michaël le dévisagea.

– Homo ?

– Oui.

– Non ! J'ai une copine.

– T'es peut-être bi, avançai-je pour le taquiner.

– Ferme-la, Donna, grogna-t-il.

Houlà ! Il me faisait quoi, là ?

– T'excite pas, rétorquai-je. Je plaisantais. Remarque, vu comme tu le prends à cœur, t'es peut-être un refoulé.

– Stop ! intervint le prêtre avant qu'une dispute n'éclate.

Michaël et moi nous fusillâmes du regard.

Voilà, maintenant, j'étais énervée !

N'empêche, il avait beau s'offusquer, ça expliquerait pourquoi il appréciait autant Nathan alors même qu'il ne le connaissait pas. Ou alors il se sentait réellement responsable de sa vie maintenant qu'il avait le pouvoir de le guérir. Ou alors c'était un peu des deux. Il me faudrait creuser tout ça parce que ce n'était pas clair du tout.

– Je suis désolé, s'excusa le Père Luc, coupant court à mes pensées. Cela aurait pu être dû à des sentiments mais cela peut aussi venir de ton prénom, mon enfant. Tu n'es pas sans savoir qu'il est dérivé de Michel qui est le nom de l'archange le plus puissant des Cieux.

– Je sais. Mon petit frère s'appelle Gabriel, nos parents tripent sur les anges.

– Il n'est pas non plus impossible que Dieu t'ait choisi comme conducteur pour Sa force protectrice grâce à ce détail. Rassure-toi, donc.

– OK.

Michaël se réinstalla sur sa chaise qui lui parut soudain inconfortable. Il le prenait vraiment à cœur, sérieux !

Et en plus il m'avait vraiment mise en pétard !

Je retournai mon attention sur Père Luc pour me forcer à revenir au sujet de la conversation. Le prêtre me tendit de quoi écrire en me demandant de noter nos numéros. Un peu surprise, j'obtempérai. Il nous donnerait peut-être des nouvelles de l'affaire dès qu'il en aurait ?

– Où ont-ils amené Nathan ? demandai-je en lui rendant le tout.

– Il sera bientôt de retour chez lui, ne vous inquiétez pas.

– Mais…

– Je vous en ai assez dit, me coupa-t-il en se levant.

Nous l'imitâmes.

– Cette histoire ne dépend plus de vous à présent. Si je peux vous donner un conseil : rentrez chez vous et reprenez le cours normal de votre vie. Vous ne vous en porterez que mieux, croyez-moi.

Nous ne bougeâmes pas. Père Luc souffla de dépit.

– Je n'hésiterai pas à appeler la police si vous ne partez pas.

Nous nous concertâmes en silence avant d'abdiquer. Nous repartîmes donc avec quelques réponses et beaucoup de doutes. Nous étions certains de ne jamais parvenir à oublier, ni même d'en avoir envie. Tout ce que nous voulions, c'était retrouver Nathan.

Chapitre 21

Nathan – Saint Exorciste
Chevalier de l'ordre de Saint-Jean de Jérusalem

Lorsque j'ouvris les yeux le lendemain, j'étais allongé sur un grabat, enchaîné à un mur dans un vieux cachot sec éclairé par des ampoules en fin de vie. Mon corps était lourd, bien plus que les épais fers cerclant mes poignets attachés dans mon dos. Je n'avais aucun moyen de m'échapper.

Je m'assis tant bien que mal. Mauvaise idée car une onde de douleur ravagea tous mes muscles. J'étais dans le brouillard complet. Ma mémoire me faisait autant défaut que mes sens. Il me fallait me concentre pour faire un état des lieux de la situation en commençant par l'endroit où j'étais.

L'archevêché.

Si je n'avais pas dormi trop longtemps, nous devions être le dimanche vingt-huit. Le dernier exorcisme aurait lieu soit aujourd'hui, soit demain.

Le temps était compté, je devais trouver un moyen de sortir d'ici.

Une clé tourna soudain dans la serrure de la porte qui s'ouvrit peu après sur Julian. Il tenait un bol de soupe.

– Alors, tu ne dors plus ? demanda-t-il sur un ton suffisant.

– C'est la seconde fois que tu me tutoies, lui fis-je remarquer. Je vais finir par croire que je suis ton pote, c'est dégradant.

– Eh bien ! On a de la répartie dès le réveil, à ce que je vois.

Il s'approcha de moi puis attrapa la cuillère. Il aurait pu ferrer ma main droite d'une autre manière pour me laisser manger sans le menacer, mais son but était clairement de m'humilier. Tant pis, je devais jouer son jeu pour retrouver des forces.

Julian récupéra de la soupe dans la cuillère et la porta à mes lèvres.

– Une cuillère pour feue maman, annonça-t-il avec un sourire chargé de sous-entendus.

Je récupérai le précieux liquide et le lui crachai à la figure.

Rien à battre des forces !

Julian me jeta au visage la soupe chaude qui me brûla la peau. Il me frappa ensuite de toutes ses forces. Son poing percuta ma joue de plein fouet mais dévia vers mes dents qui l'entaillèrent sur une belle longueur, me laissant un goût cuivré dans la bouche. Julian recula en jurant.

— Fais un vaccin contre la rage, lui lançai-je sur un ton goguenard.

Il prit la mouche, marmonna comme un gosse et tourna les talons.

Bon. C'était bien beau, mais j'avais la dalle. Je n'avais rien mangé en deux jours. Je me réinstallai plus confortablement dans un effort qui me coûta le peu d'énergie dont je disposais encore. Je calai ma tête contre le mur et finis par me rendormir.

Ce fut le bruit de la clé dans la serrure qui me réveilla. La porte de ma cellule livra passage à un Père Luc préoccupé. Il grimaça en me voyant ; je devais être dans un sale état. Il remercia le garde et le congédia avant de s'asseoir à côté de moi sur mon lit sans matelas.

— Comment tu vas ? s'enquit-il.

— Bof. On est quel jour ?

— Dimanche.

— Il me semblait bien. Pourquoi t'as fait une tête bizarre en rentrant ?

— Tu as le visage couvert de sang et le torse tuméfié. Et tu aurais besoin d'une bonne douche.

— J'ai surtout besoin de manger. T'aurais pas un truc sur toi ?

Père Luc me sourit tout en fouillant ses poches. Il en sortit une poignée de barres énergétiques.

— Je me suis douté que tu aurais faim.

Il ouvrit la première et me la tendit. Je croquai dedans à pleines dents.

– Trois jeunes gens sont venus me voir, hier, me dit-il. Ils voulaient en savoir plus sur toi et sur ce qui t'était arrivé.

Je vidai ma bouche.

– Tu leur as rien dit, j'espère ?

Il hésita à répondre.

Eh merde !

– T'as pas fait ça, sérieux ?! m'énervai-je. Putain, *padre*, c'est ma vie, ils ont pas besoin de la connaître !

– Baisse d'un ton.

– Tu leur as dit quoi ? demandai-je en obéissant malgré moi.

– Tout, et j'ai appris que ça avait recommencé. Le flux bleuté.

Mon cœur se serra au souvenir de Michaël. Lors du voyage de retour chez moi après le dernier exorcisme, j'avais eu quelques moments de conscience durant lesquels je m'étais senti en sécurité dans ses bras, comme si rien ne pourrait jamais m'atteindre. Je n'avais plus connu cette sensation depuis David.

– Tu éprouves de nouveau des sentiments pour quelqu'un.

Ce n'était pas une question, c'était bien une affirmation.

Peut-être, oui.

Sûrement, même.

Je soupirai, las. J'étais fatigué et honteux.

– Je sais que c'est mal, ce que j'éprouve, confiai-je d'une voix fragile.

– De l'amour ?

— De l'amour pour un homme.

Père Luc s'adossa au mur et reprit sur le ton de la confidence :

— J'avais un frère qui aimait les hommes.

Pour de la révélation, c'en était une ! J'en restai coi.

— Je ne l'ai pas connu longtemps, continua-t-il, car il m'a été enlevé par des homophobes qui l'ont battu à mort. J'avais quinze ans, nous étions dans les années soixante, les mentalités étaient différentes.

Certains n'avaient pas évolué depuis.

Je retins ma remarque afin de laisser parler le Père.

— Suite à cela, je suis rentré dans les ordres comme si ma vie pieuse pouvait racheter la conduite inexcusable de mon frère. J'ai mis vingt ans à comprendre que mon frère n'avait jamais péché, contrairement à ceux qui ont pris sa vie... Tout ça pour te dire, Nathan, que si Dieu condamnait ta préférence, Il ne prendrait pas la peine de te confier Son pouvoir. Et Il ne donnerait pas aux hommes dont tu es amoureux la capacité de te guérir. Dieu est amour, mon fils.

— Ne m'appelle pas comme ça.

Il posa une main affectueuse sur ma tête.

— Mon tort a été de me taire par lâcheté, Nathan. Depuis que j'ai vu le courage de ces jeunes gens, je me sens moi-même courageux. Je sais que tu te considères comme une hérésie mais pour moi, tu es un jeune homme d'une exceptionnelle bonté. J'aurais été fier d'avoir un fils comme toi.

Sa sincérité et sa chaleur me désarmèrent. Je n'avais jamais eu de père. Celui qui m'avait engendré était un monstre et j'avais longtemps été trimbalé d'un chaperon à un autre, jusqu'à ce que j'atterrisse chez le Père Luc à dix ans. J'étais déjà grand, j'avais mon caractère, mon passé trop chargé pour un gamin de cet âge, mais il avait pris le temps de me connaître. Sa patience avait fini par m'apprivoiser. Aujourd'hui, il représentait la seule figure paternelle de ma triste existence et je crois que je l'appréciais énormément.

Il enleva sa main, mettant fin à ce moment privilégié, et me donna un autre bout de barre énergétique avant de revenir sur la Marque des Cinq.

– Que veux-tu faire pour la contrer ?

– Exorciser la dernière gamine et improviser ensuite.

– Tu comptais sur l'influence de Michaël sur toi ?

– Non. C'est trop dangereux.

– Sans lui tu ne seras pas capable d'affronter ce qui t'attendra après la cinquième Marque. Tu en as conscience ?

– Je me débrouillerai. Perdre David m'a suffi. Je ne veux plus que ça recommence.

– Il porte le prénom de l'archange, argua-t-il.

– Ce n'est qu'un nom.

– La fille-chance sera aussi avec toi.

– Je ne peux pas compter sur la chance, elle est trop aléatoire.

– Mais si tu meurs…

– Si je meurs, le coupai-je, quel sera le premier endroit où Belzébuth ira, à ton avis ? Envahir la Terre compte moins que régler ses comptes avec Satan. De retour en Enfer, leur lutte reprendra durant des siècles, voire des millénaires, et il ne préparera une invasion que dans l'hypothèse où il parviendra à vaincre son ennemi juré. De toute façon, je suis une prison temporaire. Que je meure demain ou dans cinquante ans, quelle différence ? *Padre*, je dois sauver l'âme de cette enfant et j'ai besoin de ton aide pour ça.

Père Luc souffla de contrariété. Au moins, il réfléchissait sérieusement à ma demande. Tout n'était pas perdu tant qu'il n'avait pas refusé.

– Alors ? demandai-je.

– Je crois que je deviens fou en vieillissant.

Il attrapa une clé dans l'une de ses poches avec laquelle il descella mes fers.

– Attends que je sois parti avant de t'enfuir, conseilla-t-il. Mon implication sera soupçonnée mais pas évidente.

– Pars maintenant, dans ce cas.

Il me donna les barres énergétiques puis se leva.

– Que la Force soit avec toi, jeune padawan.

Je ris.

– Faut arrêter les Star Wars, *padre*.

– Jamais de la vie ! Ça, ça serait un péché, mon fils.

Cette fois, je ne fis aucune remarque.

Père Luc me sourit, puis il s'en alla.

À moi de jouer !

Chapitre 22

Donna – Étudiante qui s'interroge

Avec Dylan et Michaël, nous avions rapatrié la moto de Nathan chez lui. Lorsque j'étais montée, seule, poser les deux casques sur le meuble de son entrée, j'avais sorti à manger pour Tit qui ne se montra pas. Certaine qu'il m'entendait tout de même, je lui avais résumé la situation. Le pauvre était resté dans l'ignorance jusqu'à maintenant. Il ne se montra toujours pas. J'en vins à penser qu'il ne le faisait qu'en cas de nécessité. Nathan en était une, pas moi.

Quand je le quittai, Tit me sembla rassuré, du moins était-ce ce que sa voix m'avait laissé penser. J'espérais que Nathan reviendrait bientôt. Dans le doute, je décidai de repasser le lendemain après les cours.

Je laissai toutes les clés à l'intérieur avant de partir. Entre l'immeuble inhabité et la présence de Tit, l'endroit ne risquait pas d'être cambriolé.

Je rejoignis Dylan dans sa voiture qui prit aussitôt le chemin du nouvel appartement de Michaël. Là-bas, nous nous installâmes dans son salon encombré de cartons sans vraiment se parler. Les garçons devaient assimiler tout ce qu'ils avaient vu et entendu en se demandant si c'était vrai ou si ce n'était qu'une grosse blague. Ils finiraient par comprendre que tout était vrai, tout comme je l'avais moi-même compris.

Puisque j'avais dépassé ce stade, j'étais en mesure de me poser d'autres questions, comme la place que je souhaitais prendre dans la vie de Nathan, si tant est qu'il me laisse faire. Au fond de moi, j'étais persuadée d'être capable de l'aider.

– Tu as l'air préoccupé, Donna, remarqua Dylan à côté de moi sur le canapé.

Michaël, lui, était assis face à nous, à même le sol, adossé au mur.

– Nathan a dit que j'attirais la chance, révélai-je. Et je me dis qu'il en aurait bien besoin, vu tout ce qui lui arrive mais...

Je me tordais les doigts tout en réfléchissant.

– C'est pas prétentieux de ma part de penser que je peux l'aider ? Je veux dire... J'ai vu de vrais démons l'attaquer, et n'importe qui d'autre que Nathan serait mort. Si je reste près de lui et que je suis prise pour cible, comment je ferai pour me défendre ? Je n'en serai pas capable, pourtant j'ai envie de me rendre utile. Mais... Et si je mourais aussi sans qu'il ne puisse rien y faire, comme pour David ?

Dylan posa sa main sur ma cuisse.

– C'est pas prétentieux, c'est humain.

Il prit un instant pour réfléchir.

– Nathan ne te connaît pas. Il serait peut-être judicieux de sortir de sa vie avant qu'il s'attache à toi et que tu te mettes en danger, tu ne crois pas ?

Cette option me fit mal au cœur. Je calai ma tête sur son épaule pour me reposer un peu. Il caressa mon visage.

– En fait j'en sais rien, Donna. Peut-être que tu devrais en parler avec lui quand il reviendra.

– Il ne voudra pas de moi.

– Alors peut-être que ta responsabilité sera de respecter son choix.

Je sentis les larmes monter à cette idée. Je les ravalai de justesse en me focalisant sur Michaël. Il fixait le sol d'un air sombre, comme si quelque chose le mettait en colère.

– Michaël ? l'interpellai-je.

Il ne bougea pas.

– Quoi ?

Son ton sec ne présageait rien de bon. Je devais prendre des gants pour lui parler.

– Tu crois que je devrais faire quoi ?

– Rentrer chez toi et dormir.

Ce n'était pas une si mauvaise idée.

J'observai mon ami avec attention. Ma plaisanterie sur son orientation l'avait-elle blessé autant ? Ou était-il seulement préoccupé par l'existence des démons ? Ou par le fait qu'un flux d'énergie se créait quand il touchait la main droite d'un inconnu ?

En fait, il avait beaucoup de raisons de ne pas être de bonne humeur. Il devait avoir besoin d'être seul, d'où sa réponse à ma question.

C'était légitime.

– Tu as raison, dis-je. J'y verrai plus clair demain.

Je me levai, imitée par Dylan. Michaël ne bougea pas, ce n'était pas la peine d'épiloguer. Nous lui souhaitâmes bonne nuit et partîmes.

Dylan mit le contact dès que nos ceintures furent bouclées. Je n'avais pas envie de rentrer chez moi.

– Tu viens à la maison ? me proposa-t-il.

Ce mec était un amour !

– Oui. Je ne veux pas rester seule.

– Je comprends.

Le trajet me parut interminable. Les événements et les révélations des derniers jours tournaient toujours en boucle dans ma tête au point de me donner la migraine. Les démons, les Ombres, Satan, Belzébuth, un enfant avec une queue, capable de maîtriser la force du Ciel et de l'Enfer. Un garçon détesté par ses pairs pour des choix qu'il n'avait pas eu le loisir de faire...

Père Luc avait raison : ce monde était hideux.

Au milieu de cette noirceur, il y avait pourtant l'aura bénéfique de Nathan. Il savait ce qui se passerait à chaque exorcisme, que cela serait de plus en plus dur pour lui d'en réchapper vivant et qu'après, les Ombres gagneraient en puissance puis s'attaqueraient à lui ; malgré tout, il n'avait jamais hésité à sauver ces enfants. Son propre Ordre avait été obligé de l'enfermer pour l'empêcher de sauver une vie.

Et dire qu'un mois en arrière, je trouvais Nathan dangereux, tout ça parce que je m'étais arrêtée à la façade de ses yeux sombres. Depuis, j'avais appris à le connaître. Depuis, j'éprouvais pour lui une affection sincère et une envie viscérale de le protéger à mon tour, d'être celle qui veillerait sur le veilleur.

J'étais persuadée que ma chance était assez grande pour me permettre d'y parvenir. Associée à Nathan, j'étais convaincue d'être capable de surmonter tous les dangers. Il ne me manquait que sa confiance pour y arriver.

Hélas, je n'étais pas certaine de l'avoir. Tit l'avait, lui. Peut-être parce qu'il était capable de repousser les Ombres ?

J'avais mal à la tête...

Dylan se gara enfin. Une fois sur le trottoir, je me blottis contre lui un instant. Il ne dit rien. Je quittai son contact afin de le suivre dans l'appartement. Je saluai rapidement ses coloc' tout en accompagnant Dylan dans sa chambre. Je n'avais pas le cœur à taper la discussion, je préférais me cacher sous les couvertures pour déprimer. Dylan me rejoignit quelques instants après. La première chose qu'il fit fut de me prendre dans ses bras. Je me tournai vers lui et plongeai mon visage dans le creux de son cou.

— Tu as le nez froid, se plaignit-il.

Je souris contre sa peau chaude. Il caressa mes cheveux d'un geste à la fois rassurant et apaisant. J'étais bien. Tellement bien que j'aurais aimé y passer ma vie.

Dylan recula un peu pour me regarder. Ses doigts effleurèrent le grain de ma peau. Je fermai les yeux pour apprécier cette attention quand son souffle frôla ma joue. J'ouvris à demi les paupières avant de les refermer à l'instant où ses lèvres s'emparèrent des miennes. Mon cœur bondit de joie dans ma poitrine et des papillons s'envolèrent dans mon ventre. Je me redressai un peu pour lui offrir un baiser moins sage.

J'étais heureuse tout en me sentant coupable de l'être.

Comment pouvait-on être aussi serein après avoir eu autant peur ? Comment pouvais-je profiter de mon existence alors que Nathan n'était peut-être pas sauf ? La vie continuait sans nous, parfois malgré nous, et en cela elle était cruelle et égoïste.

À cet instant, je la détestais autant que je l'aimais.

Je brisai le contact et dévorai Dylan des yeux. Il m'observait avec tant de douceur que je crus sentir la caresse de son regard sur moi. Je frissonnai de bonheur. Un sourire béat étira mes lèvres.

– Viens là, m'intima-t-il en m'attirant dans ses bras.

Je m'y abandonnai volontiers.

Fatiguée du week-end et bercée par sa respiration, je m'endormis en un clin d'œil.

Le lendemain, je passai ma journée de cours avec Dylan et le reste de notre groupe de travail. Amélie et Sadia voulaient qu'on se voie le soir après l'école. J'acceptai pour ne pas les inquiéter, et parce que passer du temps avec elles me ferait du bien. Cela préserverait l'illusion d'une vie normale rythmée par les examens, les amies et les garçons.

Après ma dernière heure, je quittai Dylan pour aller au rendez-vous en lui faisant la promesse de le rejoindre chez lui après. Comme à notre habitude, je retrouvai mes amies assises à notre table attitrée au café. Je n'eus pas besoin de me forcer à sourire car les revoir me fit réellement du bien.

Durant les deux heures qui suivirent, nous parlâmes de tous les sujets que des étudiantes pouvaient aborder. Sadia se plaignit un peu de son petit ami, Amélie de son célibat tandis que je leur avouai d'une voix mal assurée ma relation avec Dylan. Comme je m'y étais attendue, j'eus droit à des remarques sur le fait que mon radar s'était enfin mis en route.

— Te lancer à la poursuite de Nathan n'a pas été une mauvaise chose, en conclut Amélie, une tasse de chocolat chaud dans les mains.

Ma joie retomba au souvenir de mon exorciste. Ma vie avait beaucoup changé depuis le jour où j'avais photographié Nathan. Peut-être que sans ça, je serais passée à côté de Dylan.

Peut-être qu'au final, c'était lui qui me portait chance et non l'inverse, car ma présence dans sa vie ne lui avait rien apporté.

La sonnerie de mon téléphone me tira soudain de mes pensées. Je lus le message reçu avec intérêt : c'était Père Luc.

Nathan était en route pour pratiquer le dernier exorcisme !

CHAPITRE 23

Donna – Étudiante pressée

Je m'empressai de transférer le message contenant l'adresse de Sandra, la dernière victime, à Michaël. Je ne voulais pas que Dylan vienne par peur de ce qu'il pourrait lui arriver. Il m'en voudrait peut-être de l'avoir écarté, mais au moins il serait en vie pour le faire.

– Les filles, je dois vous laisser, Dylan m'attend, mentis-je.

Elles protestèrent pour la forme, tant pis. Je leur fis la bise et pris la direction du sud. Mon téléphone sonna alors : c'était Michaël.

– *T'es où ?*

– Je descends la rue du Taur.

– *OK. Je pars de chez moi, je te prends au Capitole.*

– Ça marche !

Je filai au pas de course avec le clocher-mur de l'église du Taur comme point de mire. L'odeur qui s'élevait des restaurants alentour me rappela l'heure du dîner. Mon estomac protesta. Le pauvre allait attendre encore un moment.

Je traversai la place du Capitole en longeant le café des Arcades et Le Florida toujours remplis. Il me fallut zigzaguer entre les piétons emmitouflés dans leur épais manteau d'hiver jusqu'à atteindre la sortie du parking souterrain et la rue Léon Gambetta. L'adresse se trouvait à une centaine de mètres à peine de ma position. Si Michaël tardait, j'irai en courant.

Une voiture sur ma gauche me fit un appel de phares. Les yeux plissés, je reconnus la Peugeot de mon ami ; il s'arrêta à ma hauteur. Dès que je fus assise, il repartit et monta à soixante-dix sur la courte portion de route qu'il nous restait à faire. Une fois à destination, il trouva une place devant le Comptoir de l'or et de change.

– Ça se voit que t'es avec moi, dit-il en coupant le moteur. Y'a jamais de place libre ici d'habitude.

– Une chance pour nous, laissai-je échapper.

Nous avisâmes l'immeuble d'angle. Des vapeurs maléfiques suintaient par chaque interstice. Je me demandais si Nathan était là quand une secousse fit trembler toute la rue. Les passants s'arrêtèrent, se retournèrent pour chercher l'origine du séisme, mais ils ne la trouveraient pas. Michaël et moi montâmes les marches quatre à quatre jusqu'au troisième étage. Nous avions à peine mis un pied sur le palier quand la porte face à nous éclata sous un impact violent. Nous nous protégeâmes avec nos bras. Lorsque nous les baissâmes, nous découvrîmes Nathan en proie à un violent combat avec une gamine de douze ans au visage écarlate déformé par la haine. Il la repoussa et se releva avant de la plaquer contre le mur qui se fissura sur toute sa hauteur. Il posa ses deux mains sur son thorax.

– Amen, prononça-t-il.

Une puissante impulsion expulsa le démon hors du corps de Sandra vers l'Enfer qui l'accueillit à bras ouverts.

Sandra tomba sur le sol, inconsciente, sous les yeux d'un homme qui venait d'apparaître sur le seuil de l'appartement : son père, certainement.

Nathan était à bout de souffle, sa respiration sifflait. Au premier pas, il s'écroula de tout son long aux pieds de l'inconnu.

Michaël et moi nous précipitâmes. Quand mon ami prit la main de Nathan dans la sienne, le flux bleuté se propagea sur tout le bras de mon exorciste. Je le basculai sur le côté afin qu'il puisse cracher son sang et que le bracelet puisse s'en nourrir.

– Partez..., murmura Nathan.

– Hors de question, refusai-je. Michaël doit te guérir.

– Dominique est... dangereux...

Michaël et moi échangeâmes un regard perdu.

Qui était dangereux ?

– Moi, salope.

Nous eûmes à peine le temps de tourner la tête vers le père de Sandra. Une force invisible nous projeta soudain en arrière.

Je me mis en boule en dégringolant l'escalier jusqu'au palier précédent. Michaël termina sa course sur moi. Une douleur vive me lança quand je bougeai. Aïe aïe aïe aïe mon dos !

Mon ami se releva, m'attrapa sous les bras et me remit sur mes pieds d'un coup. Tout s'était passé si vite que je n'avais rien compris ; je savais juste que Nathan était en danger. Nous nous élançâmes dans les escaliers pour remonter. Devant la porte éventrée, aucune trace de lui.

– Fait chier ! cracha Michaël. Où ils sont allés ?

Je devais réfléchir. Je devais réfléchir vite ! Le choc m'avait déboussolée, je devais me ressaisir ! Les cinq marques, les cinq éléments, l'énergie canalisée vers le centre... Le centre !

– La basilique ! Ils sont à la basilique !

Michaël partit comme une flèche. Je me dépêchai de le suivre sinon il irait là-bas sans m'attendre. J'arrivai à la voiture au moment où il passait la marche arrière.

La marche arrière ?

– Euh... Michaël, la rue Gambetta est à sens unique ! paniquai-je.

– Je sais.

Il roula à reculons sur une vingtaine de mètres puis il remonta la rue Mirepoix dans le bon sens. Il bifurqua à droite rue Romiguières puis à gauche rue des Lois. Lorsque je le vis prendre la rue Émile Cartailhac, je paniquai encore.

– Là aussi t'es à contre-sens !

Il ne m'écoutait pas !

Michaël fila tout droit jusqu'à l'entrée ouest de la basilique. Il s'arrêta brusquement juste devant les deux barrières et je me félicitai d'avoir mis ma ceinture de sécurité. Mon ami coupa le moteur et nous descendîmes. Une violente odeur de soufre nous fit presque suffoquer, nous obligeant à mettre notre main devant notre nez.

Sur le parvis de la basilique, c'était l'apocalypse.

Des hurlements d'agonie effroyables s'échappaient du sol ouvert sur les flammes de l'Enfer. Derrière ce précipice béant, Nathan était allongé, à moitié conscient. Au-dessus de lui, le père possédé de Sandra exultait de joie. Il tenait mon exorciste par son bracelet qu'il serrait comme si sa vie en dépendait.

– Belzébuth arrive ! clamait-il aux millions d'âmes tourmentées grimpant le long des parois pour s'échapper de leur prison infernale. Il est là !

– On doit faire le tour ! criai-je à Michaël pour couvrir le vrombissement du brasier et les hurlements lancinants.

Nous contournâmes le gouffre par la gauche sans quitter le démon des yeux. La chaleur insoutenable faisait flotter nos vêtements et nos cheveux tout en asséchant notre bouche et nos yeux. Ça commençait à piquer sérieusement. Et l'oxygène se raréfiait.

Nous parvînmes à hauteur du possédé, mais au moment où mon ami voulut foncer sur lui tête baissée, une main ferme le retint par l'épaule et le rejeta en arrière.

Je fis volte-face. Un homme et une femme inconnus se tenaient devant moi. Le type me saisit par l'épaule et m'obligea à reculer aussi.

– Si vous approchez alors que la faille est encore ouverte, vous ferez de bons hôtes pour les démons qui veulent s'échapper de l'Enfer, nous dit-il. Restez en arrière.

– Vous êtes qui ? demanda Michaël en repoussant l'inconnu.

– Je suis Adid, se présenta l'homme. Et voici Clémence.

– Nous sommes des sorciers, révéla cette dernière en avançant.

Elle se mit dans la trajectoire du père de Sandra mais s'arrêta avant le gouffre. Je la vis ouvrir une besace dans laquelle elle plongea la main.

– Qu'est-ce que vous faites là ? questionnai-je.

– On se promenait dans le coin, alors on est venu voir si on pouvait aider. Je me demande où sont les Chevaliers, songea Adid à haute voix.

Il était à côté et il était venu ? Mais alors...

Je fis un tour sur moi-même : aucun habitant du quartier ne s'affolait. Surprise, je me tournai vers le sorcier.

– Les gens n'entendent rien ? demandai-je.

– Non. Tant que la faille est ouverte nous sommes dans la réalité de l'Enfer, pas dans celle de la Terre. Par contre si un démon majeur sort, la frontière disparaîtra.

Devant nous, Clémence décrivit un cercle avec son bras. Elle empoignait quelque chose que je ne parvenais pas à distinguer. Je voyais ses lèvres bouger sans entendre le moindre son à cause du vacarme ambiant.

Soudain, Clémence lança une espèce de poudre qui frappa le père de Sandra de plein fouet et le fit hurler de rage.

– De l'écorce d'olivier, nous dit Adid. Les démons détestent ça mais ils y sont moins sensibles dans un hôte car la peau humaine les protège. Ça devrait le distraire jusqu'à ce que les exorcistes arrivent.

S'ils venaient.

Clémence réitéra son attaque. Encore, et encore, de plus en plus vite, de plus en plus fort. Malgré tout, le démon ne lâchait pas Nathan qui peinait à rester conscient. Il n'avait pas eu le temps de récupérer entre les deux derniers exorcismes, c'était un miracle qu'il soit encore en vie.

Harcelé par Clémence, Dominique lui jeta un éclair pourpre qu'elle contra de justesse. Je la vis reculer sous l'impact. Elle raffermit ses appuis, marmonna un sort incompréhensible avant de lancer un éclair à son tour. Dominique n'esquiva pas. Je le crus sur le point de lâcher Nathan mais il n'en fit rien. Cet enfoiré était pire qu'un morpion !

La regarder combattre le démon pour l'empêcher de libérer Belzébuth était la seule chose que nous puissions faire, Michaël et moi.

C'était rageant !

L'envie d'intervenir me démangeait. Je la sentais se rouler en boule au creux de mon ventre et menacer d'exploser comme un geyser. Je pris sur moi comme jamais pour ne pas succomber à la folle idée de m'interposer entre Nathan et son geôlier au risque de compliquer plus encore la situation. Cela me crevait le cœur de l'admettre, mais j'étais plus utile ici.

Michaël ne tenait pas en place non plus. Ses traits étaient marqués par l'inquiétude et ses poings serrés. Je doutais qu'il réussisse à rester passif très longtemps. Je posai une main que je voulais apaisante sur son bras. Il le dégagea sans même m'accorder un regard. Ses yeux vifs fixaient la scène qui se jouait devant nous.

Nous étions impuissants. Mais ce qui me mettait en rogne, c'était que personne ne se souciait de sauver Nathan !

Un mouvement attira soudain mon attention vers le gouffre. Je plissai mes yeux meurtris par la chaleur et vis une masse sombre s'extirper de la faille. J'attrapai la manche du sorcier près de Michaël et tirai dessus :

– Adid. C'est quoi, ça ?

Lorsque la silhouette monstrueuse se redressa sur le parvis, j'eus la réponse à ma question.

– C'est un démon, confirma le sorcier. Ils commencent à sortir.

– Commencent ? répétai-je. D'autres vont venir ?

Adid ne répondit pas.

– Reculez et ne bougez pas, je m'en occupe.

– Mais...

– Allez !

Son ton péremptoire me fit sursauter. J'attrapai le bras de Michaël aux muscles gonflés de rage et le fis reculer avec peine sur quelques mètres. Le démon étira sa silhouette tortueuse vers le ciel sombre tandis qu'Adid s'enfermait dans un cercle de sel tout en récitant une formule en arabe.

Un sorcier était-il de taille face à un démon ?

J'allais bientôt le savoir.

CHAPITRE 24

Donna – Étudiante sclérosée

La créature démoniaque repéra tout de suite Adid. La fulgurance de l'attaque fut telle que je ne vis rien venir. J'entendis seulement une masse imposante se heurter avec fracas au bouclier du sorcier. Un hurlement de rage suivit l'impact : le démon n'appréciait pas la résistance. Il recula d'un pas et ouvrit sa gueule dans laquelle se forma une boule d'énergie. À l'instant où il voulut la cracher sur Adid, ce dernier lança un éclair sur le sort de son ennemi. La rencontre des deux forces explosa dans la gueule du démon qui fut projeté en arrière.

L'espoir qu'il soit vaincu me redonna un peu de courage. Je déchantai en le voyant se relever plus énervé que jamais. Il rugit tout en déployant ses immenses ailes veinées. Le sorcier attaqua avant que la créature ne s'envole : un nouvel éclair déchiqueta la membrane de son aile gauche, arrachant un cri de douleur au démon qui, déstabilisé, ne put éviter le coup suivant. La troisième tentative d'Adid toucha son adversaire en pleine tête. Le démon s'écroula de tout son long pour ne plus se relever.

Un certain soulagement allégea mon cœur face à la victoire du sorcier. Ce dernier, en revanche, paraissait plus inquiet que jamais. J'en compris la raison en fixant la porte de l'Enfer : des dizaines de démons luttaient pour s'en extirper et Adid ne pourrait pas tous les repousser seul. Pourtant, le sorcier ahanant lança une série d'éclairs sur les mains monstrueusement grandes des démons afin de les faire lâcher prise, mais à chaque créature repoussée, trois autres tentaient une percée.

On ne pouvait pas gagner. C'était impossible.

Où étaient ces enflures de Chevaliers ?!

– C'est là ! entendis-je alors crier dans mon dos.

Je me retournai à temps pour voir quatre jeunes en rollers arriver vers Michaël et moi. C'étaient qui, eux, encore ?! Et ils sortaient d'où ?

Ils nous frôlèrent à toute vitesse et foncèrent comme un seul homme sur Dominique et Nathan. Clémence créa alors un écran de fumée dense qui nous boucha la vue. La dernière chose que j'aperçus fut les adolescents disparaissant dedans.

**

Nathan – Saint Exorciste
Chevalier de l'ordre de Saint-Jean de Jérusalem

Tout tournait autour de moi. Mon corps était lourd, douloureux, vidé de ses forces. Mes sens étaient ankylosés par de graves blessures successives qui n'avaient pas eu le temps de guérir. Je n'avais conscience de presque rien. Je savais être allongé sur un sol ardent près d'une source de chaleur importante. Je savais qu'un démon, sous les traits de Dominique, tenait mon bracelet et tirait sur mon bras droit comme un forcené dans l'attente du moment idéal pour me tuer. Pour le reste, c'était le flou total.

Je luttais afin de comprendre un peu la situation. Le manque d'oxygène n'aidait pas. Je devais faire quelque chose.

Je sentis soudain de la poudre à l'odeur reconnaissable heurter mon ravisseur : de l'olivier. Le parfum frais soulagea ma gorge autant que mes poumons, m'offrant une chance inespérée de me ressaisir.

L'attaque contre mon ennemi recommença et, à chaque fois, c'était une bouffée d'oxygène salvatrice. Ma vue se fit plus nette. Je distinguai Adid et Clémence, un couple de sorciers que je surveillais depuis trois ans. Donna et Michaël étaient là aussi. Je n'avais pas l'esprit assez clair pour me poser des questions. Je n'étais capable que d'une chose : tenter de me sortir de là avant d'être tué.

J'embrassai le parvis du regard. L'une des portes principales de l'Enfer était assez entrebâillée pour laisser échapper des démons. Le plus étonnant était que des âmes tentaient aussi d'en sortir.

Ce n'était pas normal. Où était Cerbère ?

– Tu peux remercier ton Ordre pour ça, susurra le démon.

Un épais nuage de fumée se créa soudain devant les sorciers. Quatre silhouettes en surgirent comme des flèches qui percutèrent Dominique de plein fouet en profitant de l'effet de surprise. Le démon me lâcha enfin le bras. Je roulai sur le côté pour m'éloigner de lui quand la voix d'Alec, un jeune sorcier du quartier, m'avertit que les Chevaliers arrivaient. Mes quatre sauveurs disparurent avant les représailles du démon, me laissant seul face à cet enfoiré qui hurlait comme un damné.

Je devais tenir jusqu'à l'arrivée des renforts.

Je me relevai en geignant de douleur, puisant dans les tréfonds de ma volonté pour rester debout.

– Pourquoi ces putains de sorciers t'aident ?! tempêta Dominique en revenant vers moi, le diable au corps.

De l'énergie infernale grésillait au creux de ses mains. Elle était audible malgré le vrombissement du feu de l'Enfer. Le démon lança son poing en direction de mon visage. Je le déviai de ma main droite. Les deux énergies contraires explosèrent en entrant en contact, alors l'onde de choc nous fit reculer de deux mètres chacun. Je m'écroulai sur le sol au milieu du nuage qui se dissipait. Donna hurla mon nom.

Sa voix était si lointaine...

Je ne tiendrai pas.

Tous mes sens se détraquèrent si bien que le pas lourd des Chevaliers qui encerclèrent le démon me parut être un concert de basses. Je reconnus à peine leurs voix lorsqu'elles montèrent en une mélopée dont le sens des mots m'échappait.

En revanche, je sentis la chaleur diminuer en même temps que le flot de leurs paroles s'accélérait. La terre craquait en se refermant, couvrant presque les hurlements du possesseur de Dominique qu'on renvoyait en Enfer. Deux Hospitaliers m'attrapèrent sous les aisselles et me relevèrent. Ils me secouèrent sans ménagement pour me forcer à rester conscient.

– Nous avons besoin de vous, Saint Exorciste ! Bannissez-le ! m'exhorta la voix pressée de Yannick, l'un des Chevaliers qui me détestait le moins.

Je ne tenais pas debout. Je n'avais même plus de force dans le cou, ma tête partait en arrière.

Ils me secouèrent encore. Ma conscience eut un sursaut.

– Amenez-moi...

Chacun passa un de mes bras autour de son cou puis ils me traînèrent vers le démon immobilisé sur le sol par d'autres Hospitaliers. Dès que je fus à sa hauteur, ils cessèrent de me soutenir. Je tombai à genoux à côté de Dominique. Si je posai mes mains sur son torse, c'était plus pour me retenir que pour l'exorciser.

– Je te conjure, Satan, ennemi du salut des hommes. Reconnais la justice et la bonté de Dieu le Père, commençai-je à réciter.

Les Chevaliers reprirent en chœur ma litanie, avant d'être obligés de m'en souffler les paroles car je n'étais plus capable de réfléchir. L'un d'eux me soutenait même pour m'empêcher de tomber. Cette maudite prière ne m'avait jamais paru aussi longue.

Arriva enfin le « amen » final qui renvoya le démon en Enfer.

Je m'écroulai à côté d'un Dominique évanoui mais sauf, contrairement à moi. Mon cœur lâchait.

– On fait quoi ? demanda Yannick.

– Le gamin là-bas le guérira, informa Yvan. On rentre.

– On pourrait lui amener le Saint Exorciste ?

– Et puis quoi encore...

– Mais le gamin ne peut pas venir, la porte n'est pas encore fermée. Tu crois qu'il tiendra jusque-là ?

– Je m'en fous, Yannick. On y va.

Ce furent les derniers mots qui me parvinrent. Je perdis connaissance quand mes fonctions vitales s'arrêtèrent.

**

Donna – Étudiante terrifiée

Le gouffre n'était plus qu'une crevasse, pourtant Adid et Clémence, qui étaient revenus vers Michaël et moi, nous tenaient toujours par l'épaule pour nous dissuader de porter secours à Nathan.

Les quatre jeunes sorciers en rollers nous rejoignirent également. Eux aussi habitaient dans le coin. Je trouvais ça rassurant que des personnes interviennent en cas de situation grave. Heureusement qu'ils avaient été là sinon Nathan y serait sans doute resté.

Les Chevaliers s'en allèrent.

– Où ils vont ? demandai-je aux sorciers.

– Ils s'en vont, me répondit Adid.

– Ils n'aident pas Nathan ?!

– On dirait que non…

Michaël voulut le rejoindre mais Adid l'en empêcha.

– Lâche-moi ! rugit mon ami.

– La porte n'est pas fermée.

– C'est plus qu'une fissure, fais pas chier !

– C'est assez pour laisser passer un démon.

Je n'écoutais pas vraiment leur échange, terrifiée à l'idée que le cœur de Nathan se soit arrêté. Si on ne l'aidait pas maintenant il allait mourir !

– Et si Michaël rase les murs de la basilique ? proposai-je.

– Ça ne changera rien, affirma Clémence. Il faut attendre.

– Mais Nathan est en train de mourir !

Ma constatation décida Michaël. Il se dégagea de l'emprise d'Adid en lui tordant le pouce et fila comme un trait vers Nathan. Le sorcier voulut le rattraper mais mon ami courait trop vite.

Mes battements de cœur se calquèrent sur sa course. Ils s'arrêtèrent d'un coup quand il trébucha à mi-chemin. Michaël se mit à quatre pattes, secoua la tête et repartit. Quelques longues foulées de plus l'amenèrent jusqu'à Nathan à qui il prit la main. Même de ma position, je vis mon exorciste sursauter quand son cœur repartit. Un soulagement sans nom me submergea à m'en tirer des larmes de joie.

La fissure se referma en totalité dans un craquement sourd, et un calme étrange tomba sur le parvis. L'instant de flottement qui suivit me sembla irréel. C'était fini. Nathan était en vie.

On avait gagné !

– Tu peux y aller, me permit Clémence.

– Je vais les aider à le porter, dit Adid à sa compagne. Je m'occuperai de l'autre homme ensuite. Viens, me dit-il.

Je le suivis sans broncher, luttant pour ne pas courir jusqu'à mes amis. Enfin près de Nathan, je m'agenouillai à ses côtés. Son bracelet avait déjà bu le sang qu'il avait vomi, nous n'avions plus qu'à le ramener chez lui.

Tit allait être content !

Chapitre 25

Nathan – Saint Exorciste
Chevalier de l'ordre de Saint-Jean de Jérusalem

J'ouvris les yeux dans ma chambre inondée par la lumière du jour. Mes souvenirs du dernier exorcisme étaient flous. Je ne savais même pas comment j'étais arrivé chez moi sain et sauf.

Donna et Michaël y étaient-ils pour quelque chose ? Peut-être.

Je battis des paupières et expulsai tout l'air de mes poumons pour me détendre, avant d'inspirer doucement. J'avais mal, j'étais crevé, pourtant je tentai de me remémorer les derniers événements. La première chose qui me revint fut l'information échappée de la bouche du démon possesseur de Dominique concernant Cerbère.

Se pouvait-il que le gardien des portes de l'Enfer ait volontairement laissé sortir autant d'âmes ? Ou avait-il disparu ?

Une douleur lancinante parcourut soudain mon crâne, mettant un terme à mes réflexions. J'essayai de bouger pour trouver une position plus confortable. Mes muscles brûlant refusaient de répondre. Je tentai néanmoins de réinstaller ma tête sur mon oreiller et y parvins bon gré mal gré. Je vis alors l'état pitoyable de mes draps salis par un mélange de sueur, de crasse et de sang. Je devais être dans un état lamentable et sentir le chacal depuis le temps que je ne m'étais pas douché. La nuit passée avec des SDF pour échapper aux Chevaliers après mon évasion n'avait pas dû arranger les choses. Il avait bien fallu que je me cache quelque part en attendant le dernier exorcisme. Revenir ici aurait été trop risqué, les Chevaliers avaient dû surveiller mon appartement. Si je m'étais montré, ils m'auraient de nouveau enfermé dans un cachot.

La lassitude pointa le bout de son nez. Je soupirai pour l'évacuer. J'étais encore faible, je devais me reposer avant de penser à faire autre chose.

Aidé par les événements des derniers jours, je me rendormis sans mal.

Je sursautai légèrement en me réveillant en plein milieu de la nuit. Les lumières douces de la ville tamisaient l'ambiance et jouaient de concert avec le flux bleuté remontant le long de mon bras. Allongé en face de moi, sa main droite dans la mienne, Michaël dormait paisiblement.

Je ne bougeai pas. J'avais peur de le réveiller par mégarde, peur que ses magnifiques yeux bleu-vert ne surprennent mon expression fragile et trop douce pour un homme face à un autre homme. Je ne voulais pas qu'il me juge, qu'il me haïsse comme mes pairs me haïssaient. Je voulais simplement le regarder dormir et savourer les contours sublimes de sa silhouette à moitié nue.

J'ignorais combien de nuits il avait passées à mes côtés mais j'étais presque guéri. Je pourrai certainement me lever demain sans souffrir. La douche n'était plus qu'à quelques heures de sommeil.

Ce dernier, justement, m'embarqua de nouveau vers des rêves dont je ne me souviendrai pas.

Mercredi 2 mars 2016.

Ce fut la date inscrite sur mon portable lorsque je me levai le lendemain. J'avais attendu que Michaël se tourne pour m'extirper du lit sans le réveiller. Mon estomac protesta violemment contre ces derniers jours de diète, pourtant la cuisine ne fut pas le premier endroit où je me rendis.

Une fois déshabillé, je me glissai avec un réel bonheur dans ma douche italienne. Je me savonnai le corps et les cheveux en frottant comme jamais. Lorsque je me rinçai, l'eau qui s'évacua était noire de saleté mais avec elle disparut une sensation dérangeante. Je me sentis léger. À présent propre de la tête aux pieds, je me séchai avant de passer ma serviette de bain à ma taille.

J'observai mon torse dans le miroir au-dessus du lavabo : tous mes hématomes avaient disparu. Si la guérison n'était pas complète, elle ne devait pas en être loin car je n'avais ni trouble de la vision ni perte d'équilibre. Et lorsque je me rasai et me brossai les dents, mes gestes étaient précis.

Je fermai le robinet et rangeai ma brosse à dents à sa place. Seul face à moi-même, j'observai le reflet inversé de mon bracelet.

— On va cohabiter encore un moment, murmurai-je à l'intention de Belzébuth.

Le bijou vibra de mécontentement.

— Ça ne me plaît pas non plus…

Je me tus quand le reflet de Michaël apparut dans le miroir. Je ne pus m'empêcher de détailler son torse parfait. Du moins l'était-il à mes yeux.

— Tu vas mieux ? s'enquit-il.

— Beaucoup. Grâce à toi.

— J'ai pas fait grand-chose à part te tenir la main.

— Ça a suffi à me sauver la vie.

Ce que je dis sembla l'embarrasser, à moins que ce ne soit mon expression troublée ? Je ne sus pas le dire avec certitude.

Michaël s'appuya au chambranle de la porte en passant une main dans ses courts cheveux blonds décoiffés. Son regard suivit mon dos jusqu'à mon coccyx caché sous ma serviette.

— Est-ce que c'est vrai ? demanda-t-il, un peu gêné.

— De quoi ?

— Ce que Père Luc nous a dit… À ta naissance…

Je baissai la tête et m'appuyai au lavabo. Il avait vraiment donné tous les détails. Je n'avais jamais autant eu envie de me cacher dans un trou de souris qu'à cet instant précis.

Je relevai la tête et accrochai son regard dans la glace.

– C'est vrai.

Il se massa la nuque, avant de s'approcher. Ses doigts effleurèrent mon avant-bras, suivirent le galbe de mes muscles, puis descendirent jusqu'à ma main qui s'enveloppa d'une aura bleutée. Une énergie trop vivifiante se répandit dans mon corps, et la présence de Michaël presque contre moi n'aida en rien. J'appuyai mon bassin à la vasque pour cacher la naissance d'une érection.

– Est-ce que je peux voir ? murmura-t-il.

Il fit glisser ses doigts le long de ma colonne vertébrale jusqu'au bas de mon dos. Mon érection gonfla sous le tissu.

Je serrai les poings à m'en faire blanchir les jointures dans l'espoir de garder le contrôle du désir qui hurlait dans mon bas-ventre. J'aurais dû lui dire d'arrêter. Seulement, le courage me manquait. J'aimais tellement le contact de sa peau contre la mienne et la caresse de son souffle chaud sur mes omoplates que je ne voulais pas qu'il s'éloigne.

Je fermai les yeux et me mordis la lèvre inférieure au moment où il passa ses doigts sous ma serviette. La tension sur le tissu le dénoua sur le devant. Je le retins de justesse avant qu'il ne tombe par terre, mais la cicatrice de la queue que j'avais portée était à nu. Je sentis Michaël la frôler sur toute sa longueur, jusqu'à la naissance de mon pli fessier.

J'avais tellement envie de lui.

Je devais arrêter ça de toute urgence.

Une sensation de vide attira soudain mon attention sur ma main droite. Michaël dut la ressentir aussi car il se désintéressa de ma cicatrice pour la fixer : le flux avait disparu.

J'étais guéri, Michaël n'avait plus besoin de rester.

Je me raclai la gorge pour éclaircir ma voix et reprendre une contenance.

– Tu devrais y aller, conseillai-je à contrecœur. Tu bosses aujourd'hui, non ?

Il m'observa à travers le miroir. Je fus bien incapable de déchiffrer son expression. En revanche, je sus dès cet instant que son visage hanterait toutes mes journées.

Il recula.

– Ouais... T'as raison. Donna passera ce soir. Je viendrai avec elle. Enfin, si ça te dérange pas ?

– Pas du tout, au contraire. Il faut que je vous parle.

– Ouais...

Michaël n'ajouta rien. Il ne bougea pas pendant quelques secondes durant lesquelles je luttai pour faire taire mes envies. Elles me terrifiaient. Et quand, enfin, il s'en alla sans un mot, ma poitrine se compressa si violemment que je crus suffoquer.

Il me manquait déjà.

Chapitre 26

Donna – Étudiante incertaine

Le mercredi suivant, après m'être fait incendier par Dylan pour ne pas l'avoir prévenu que je me rendais sur les lieux du dernier exorcisme sans lui, j'allai chez Nathan vers dix-neuf heures. Accompagnée de Michaël, je frappai à la porte de mon exorciste tout en redoutant la conversation à venir.

La porte s'ouvrit toute seule. Nous rentrâmes et trouvâmes Nathan derrière le bar. Nous le rejoignîmes au moment où il y posait deux assiettes contenant une belle part de pizza faite maison.

Mon estomac approuva l'idée !

Michaël et moi nous assîmes sur les hauts tabourets tandis que Nathan restait côté cuisine, comme si le bar matérialisait la distance entre nous. C'était un moyen de nous faire comprendre que nous appartenions à des mondes différents ?

Sûrement.

— Bière, soda ou eau ? demanda Nathan.

— Bière ! réclamai-je.

— Soda, choisit Michaël. Je conduis après.

Nathan nous servit. J'avais beau saliver devant la pizza, j'aurais préféré qu'on s'explique en premier lieu. Pourtant, personne ne parla.

Michaël et moi étions mal à l'aise ; Nathan, lui, affichait un air grave. Est-ce qu'il nous appréciait ? C'était pour ça qu'il semblait si affecté par ce qu'il s'apprêtait à nous dire ? Car je savais comment finirait l'histoire, Père Luc nous l'avait dit. Une part de moi espérait encore qu'il se soit trompé, mais une autre me criait qu'il était dans le vrai.

Zut ! Je ne tenais plus, il fallait qu'on en parle !

— Nathan… On pourra continuer à se voir ? questionnai-je, un regard de Chat potté levé vers lui.

— Non.

Sa réponse sans appel fut comme une claque. Je reposai mon morceau de pizza dans l'assiette. Je n'avais plus faim.

— Je sais que je serais mort sans votre aide, reprit-il sur un ton reconnaissant. C'est justement parce que je vous suis redevable que je ne veux plus que vous m'approchiez. La prochaine fois, vous pourriez bien être les cibles de mes ennemis. Vous n'avez pas à porter ce fardeau.

— Et si on veut courir le risque ? avançai-je. On est assez grands pour prendre ce genre de décision.

— Il y a une chose que tu ne sembles pas comprendre, Donna, dit-il en s'accoudant au bar devant moi. Si vous mourez, qui devra vivre avec ça sur la conscience ? Vous, ou moi ?

Sa question me laissa sans voix. Je n'avais jamais pensé à ça. Je m'étais seulement dit que quitte à mourir un jour, autant le faire en protégeant quelqu'un. Je n'avais pas pensé à celui qui resterait.

– Il n'y a que pour les vivants que la mort est cruelle, Donna. J'ai déjà perdu une personne chère, je ne veux plus avoir à endurer ça.

Nathan se redressa.

– Mais si j'ai de la chance…

– La chance est incertaine, me coupa-t-il. Si elle te lâche au mauvais moment ça te coûtera la vie. Ce n'est pas parce que tu es certaine de pouvoir t'en tirer que tu t'en tireras toujours.

– Mais…

J'avais beau chercher des arguments, je n'en trouvais plus et ça me mettait en rogne ! En plus, Michaël ne disait rien pour m'aider ! Il ne disait rien du tout. Il avait lui aussi reposé sa pizza et à peine touché à sa boisson. J'étais désemparée au point que je sentis des larmes de résignation monter à mes yeux. Ma voix s'enroua :

– On ne peut pas retourner à nos vies tranquilles en sachant la vérité. En tout cas, moi, je ne peux pas.

– Je peux t'effacer la mémoire si tu veux.

Je fixai Nathan, désappointée par sa proposition.

– Pardon ?

– Si c'est trop dur pour toi de faire comme si rien ne s'était passé, je peux effacer ta mémoire, répéta-t-il.

Mais il était sérieux, en plus !

— Mais-mais-mais… C'est possible ?

— Oui.

— Mais je veux pas ! Je veux pas oublier que des démons et des Ombres qui nous menacent, que des sorciers et des Chevaliers nous protègent et… toi. Je…

Je levai les yeux au ciel avant de les baisser sur lui.

— Je croyais vraiment que tu étais dérangé, avouai-je, peu fière de moi. Mais j'ai appris à te connaître et j'ai compris que les personnes comme toi sont trop rares. Tu es prêt à tout pour nous protéger, pourquoi nous on ne peut rien faire ?

— Parce que j'ai été formé pour ça. C'est mon travail comme soigner les gens l'est pour un médecin. Ça te viendrait à l'idée d'improviser une opération à cœur ouvert ? Ou est-ce que tu laisserais faire les personnes qui ont les moyens et les compétences de le faire ?

— Je…

Je ne trouvai rien à répondre. Parce qu'il avait raison, et il le savait.

— Ta voie n'est pas la mienne, Donna. Alors vis ta vie et laisse-moi risquer la mienne.

Je sentis mon menton trembler en comprenant qu'on arrivait au bout de la conversation. J'étais en train de vivre mes derniers instants en sa compagnie.

— Tu devrais finir ta pizza, elle va être froide, me conseilla-t-il.

— J'ai plus faim, articulai-je d'une voix étranglée par les sanglots.

Mes larmes coulèrent malgré moi. Je me sentis honteuse.

J'avais besoin d'air.

Je repoussai mon tabouret pour en descendre, attrapai mon manteau à l'entrée puis m'en allai sans me retourner, le visage ruisselant de larmes. Je n'avais pas envie de rester. Je n'avais pas envie de partir. Je voulais rentrer chez moi et aller ailleurs, rester éveillée toute la nuit et dormir, me souvenir et oublier. Je voulais tout à la fois et rien du tout. Rien, à part être moi aussi capable de protéger les gens que j'aimais.

**

Nathan – Saint Exorciste
Chevalier de l'ordre de Saint-Jean de Jérusalem

Je n'aurais jamais pensé que voir pleurer Donna me ferait autant mal. Je comprenais sa déception, mais je ne pouvais pas la mettre délibérément en danger par caprice. Il valait mieux pour elle passer à autre chose, tout comme Michaël.

Je portai mon attention sur ce dernier. Il me parut un peu fiévreux et hagard.

— Ça va ? m'enquis-je.

— Je crois que je ne m'attendais pas vraiment à ce que l'histoire finisse comme ça même si Père Luc nous avait prévenus.

— Comment ça ?

— Il a dit que l'Ordre t'interdisait de te lier aux autres afin que tu n'aies pas de point faible. Vu que je peux te guérir, je pensais pas en être un.

— La dernière personne qui a eu ce pouvoir est morte dans mes bras, rétorquai-je.

Trop vite. Je m'en mordis les doigts et priai pour que Père Luc ne leur ait pas parlé de David, auquel cas Michaël pourrait faire un lien entre mes sentiments et lui.

Ma révélation le choqua, bien que je ne sus pas vraiment pourquoi. Au moins cela le fit-il réfléchir. Il baissa la tête.

— Je comprends, lâcha-t-il.

Il repoussa son tabouret et s'en alla. Lorsque la porte se referma dans son dos, mon cœur manqua un battement.

Je m'appuyai au bar, complètement anéanti. J'aurais préféré ne jamais les rencontrer. Le monde se serait mieux porté si j'avais laissé ma vie lors des exorcismes.

Tit monta sur le plan de travail. Sa large main se posa sur mon épaule en un geste rassurant tandis qu'il chipait un bout de pizza de l'autre.

— Toï sorvoï, Nathanoï.

— Je sais. Je survivrai toujours.

C'était bien là ma plus grande malédiction.

- Chroniques d'un Saint Exorciste II -

La Traque de Cerbère

Extrait

CHAPITRE 1

Nathan – Saint Exorciste
Chevalier de l'ordre de Saint-Jean de Jérusalem

Je marchais à côté de Père Luc le long d'un vaisseau annexe de la basilique Saint-Sernin. Nos voix réduites à des murmures peinaient à monter jusqu'à la voûte de la nef malgré l'endroit désert ce matin. Je préférais rester discret compte tenu du sujet de notre conversation.

Les Hospitaliers et moi avions contré la Marque des Cinq voilà plus de deux semaines. Alors que Dominique, le père possédé de la gamine exorcisée, était en train d'ouvrir l'une des six portes principales de l'Enfer, il avait laissé échapper une information qui me tracassait depuis. J'étais ici pour en parler avec le seul Hospitalier qui m'appréciait.

– Es-tu certain que ce sont ses paroles exactes ? insista Père Luc.

— J'étais à moitié mort mais oui, j'en suis certain. Il a laissé entendre que si Cerbère n'avait pas empêché la fuite d'autant d'âmes lors de la Marque des Cinq, c'était à cause de l'Ordre.

Père Luc secoua la tête en signe d'ignorance.

— Je suis désolé, je ne vois pas. Mais on me met rarement dans la confidence, tu sais. Pour l'Ordre, je ne suis que le tuteur du Petit Diable, je ne mérite donc aucune confiance.

— Qui pourrait avoir des infos ?

— S'il existe une telle personne, il est à parier qu'elle ne te les donnera jamais par peur que tu passes du côté obscur de la Force et que ton savoir se retourne contre les mortels.

S'il m'arrivait parfois d'oublier que j'avais grandi entouré d'ennemis paranoïaques, j'étais vite rappelé à l'ordre. Sans mauvais jeu de mots...

— Je crois que tu vas devoir te débrouiller seul, ajouta Père Luc.

J'acquiesçai en silence tout en songeant au meilleur moyen de trouver des informations sans me mettre toute l'Église à dos.

— Ne fais rien de stupide, m'avertit le *padre* comme s'il avait deviné mes pensées. L'Ordre n'a pas apprécié que tu mettes une raclée à quatre de ses Chevaliers et que tu t'échappes de ta cellule.

— En parlant de ça, personne ne t'a fait de reproche ?

— Disons qu'ils m'ont fait comprendre qu'il n'y aurait pas de pardon la prochaine fois. Je te conseille de mener ton enquête avec discrétion.

Sans accès aux informations confidentielles de l'Ordre, mon investigation n'irait pas bien loin. Et Dieu savait que chaque Hospitalier se ferait un plaisir de me mettre des bâtons dans les roues s'il en avait la plus petite possibilité.

– Qu'en est-il des jeunes gens venus me voir à ton sujet ? demanda soudain Père Luc d'un air qu'il voulut innocent. Tu es toujours en contact avec eux ?

– Non. Ça vaut mieux comme ça.

– Tu ne penses pas que l'association de la fille-chance et du petit archange puisse résister à nos ennemis ?

– Donna et Michaël sont bien là où ils sont, conclus-je.

Père Luc comprit qu'il ne servait à rien de continuer sur le sujet. Je leur devais une fière chandelle, j'en étais conscient, et c'était pour ça que je les tenais éloignés de moi. Pour les protéger de l'ombre menaçante de l'Enfer et de mes pairs.

– Je dois y aller, annonçai-je soudain.

Je sortis de la basilique par l'ouest afin de rattraper la rue suivante où se trouvait mon appartement, au dernier étage d'un immeuble appartenant à l'Ordre. Puisque j'étais le seul à y habiter, je profitais d'un calme total et d'une intimité parfaite pour mes entraînements.

De retour chez moi, j'enlevai manteau, écharpe et chaussures avant de m'immobiliser dans mon salon. Je levai la main et, d'une pensée, poussai mon grand canapé d'angle et ma table basse vers le mur face à moi.

Grâce à Tit, l'esprit de la maison qui squattait derrière mon four, j'avais appris à développer mon énergie. Maintenant, je ne me contentais plus d'actionner des interrupteurs ou d'ouvrir des portes, je pouvais déplacer et même faire léviter des objets beaucoup plus encombrants.

Bien sûr, leur poids était une contrainte, mais je parvenais malgré tout à lever un peu plus de cent kilos rien qu'à la force de mon esprit, ce qui était déjà un bon résultat.

Une fois l'espace dégagé, je m'allongeai sur le sol, paumes contre terre, et je fermai les yeux. Mon ami domovoï, étroitement lié aux flux énergétiques de la Nature, m'avait expliqué que le pouvoir qui circulait en moi pouvait être utilisé autrement que par décharges si je prenais la peine de me concentrer. Depuis deux semaines, je m'entraînais non seulement à projeter mon énergie hors de mon corps en dosant la divine et l'infernale, mais aussi à la contrôler à l'intérieur. Le but avoué de la manœuvre étant de parvenir à me faire léviter moi-même.

Et ça, j'y étais presque.

Comme à mon habitude, je fis le vide dans mon esprit en me focalisant sur les battements de mon cœur. Durant les premières secondes, les souvenirs de Michaël refaisaient toujours surface. J'avais beau tenter de le tenir loin de moi, son visage hantait mes pensées. Il finissait malgré tout par s'estomper au profit d'une sérénité complète. Je pouvais alors visualiser les courants magiques parcourant mes veines et pulsant au rythme de mon palpitant tranquille.

J'augmentai leur densité afin de canaliser le plus de puissance au millimètre carré. L'opération prenait du temps mais plus je réussissais, plus je contrôlais mes énergies contraires.

Un courant vivifiant parcourait maintenant tout mon corps par vagues successives. Dès que je me sentis prêt, je tentai la lévitation.

Au début, rien ne se passa. Mais petit à petit, l'air frôla mon dos tandis que le tissu de mon tee-shirt s'éloignait de ma peau quand je m'élevai au-dessus du sol.

— Concentreï, Nathanoï, murmura la drôle de voix de Tit.

Sa large main se faufila dans l'espace entre le parquet et mon dos. Il posa ses doigts sur moi en exerçant une infime pression, simplement pour me donner un point à visualiser afin de maintenir ma concentration.

— Stop.

Je m'immobilisai. J'aurais imaginé que faire du sur-place serait bien plus simple que de décoller. C'était faux. L'effort me coûta tant que mon corps se mit à trembler tout entier.

Tit ôta sa main au moment où je lâchai tout. Ma brusque chute d'une soixantaine de centimètres sur le parquet m'arracha un hoquet de douleur. Lorsque je me redressai pour m'asseoir, j'étais à bout de souffle.

— Khorochoï, me félicita mon ami.

— Merci, lâchai-je entre deux courtes respirations. Une insomnie ?

Il était neuf heures, il devrait déjà dormir, lui qui vivait la nuit.

– Oï, bâilla-t-il à s'en décrocher la mâchoire. Moï dodo.

Et il alla se recoucher sans autre forme de cérémonie. Le déploiement de mon énergie avait dû le tirer du lit. Je ne m'en plaignais pas. Grâce à lui, j'avais lévité et je savais que rester immobile dans les airs serait ce qui me demanderait le plus de travail.

Voilà un nouveau défi. Ça tombait bien, je commençais à m'ennuyer ferme depuis que le calme était revenu sur Toulouse.

CHAPITRE 2

Donna – Étudiante en équilibre

La clé, c'était de bouger avec précaution et de prendre en compte le poids de la caméra pour ne pas tomber à la renverse.

— Euh… Donna, j'suis pas très confiant sur ce coup-là, me dit Azzam, mon camarade et assistant, en contrebas.

— T'inquiète, je gère !

Debout sur un mur large d'une dizaine de centimètres à peine, la caméra sur mon épaule et l'œil au viseur, je cherchais le plan parfait pour la future scène de meurtre que nous allions filmer à la Hitchcock.

— Les gars ! Ça va le faire ! me réjouis-je.

Un peu trop car je faillis basculer dans le vide. Je me rattrapai de justesse non sans avoir fait frôler la crise cardiaque à tout le groupe. J'adorais leur procurer des émotions fortes ! Sans geste brusque, je donnai ma caméra à Azzam avant de descendre de mon perchoir grâce aux bras de Dylan qui en profita pour m'embrasser au passage.

– On va y aller, me dit mon petit ami.

– OK !

– Allez, on remballe, lança Thibault, notre scénariste.

Julie, la responsable lumière, aida Azzam à ranger toutes nos affaires dans le monospace de Dylan, puis nous nous dispersâmes sur la place des Jacobins. Depuis notre aventure – ou mésaventure – avec Nathan, les démons et les ombres mouvantes, la présence d'une église dans mon champ de vision me rassurait. C'était stupide, j'en avais conscience, d'autant qu'il ne m'était rien arrivé d'étrange depuis que mon exorciste nous avait dit de ne plus l'approcher, à Michaël et moi. Mais c'était comme ça.

D'ailleurs, c'était justement chez Michaël que nous avions rendez-vous ce soir pour manger. Depuis deux semaines, je le trouvais bizarre et plus le temps passait, plus je m'inquiétais pour lui. D'ordinaire calme et joyeux, il devenait impatient et irritable, voire même versatile. Sa relation chaotique avec Clara n'arrangeait rien.

J'avais donc profité qu'elle soit en week-end chez une amie à elle pour m'inviter chez Michaël avec Dylan. J'espérais qu'en étant seuls tous les trois, cela l'inciterait à se confier sur ce qui le tracassait. J'avais peur que notre expérience aussi soudaine que brutale du paranormal l'ait malmené plus que je n'aurais imaginé. À moins que ce soit autre chose ?

Durant notre visite chez Père Luc afin d'en apprendre plus sur Nathan, j'avais plaisanté sur la possible bisexualité de Michaël, ce qu'il avait mal pris. *Trop* mal pris. Depuis, je me posais des questions sans avoir jamais osé remettre ça sur le tapis de peur de braquer Michaël. En plus, cela ne me regardait pas. De toute façon, le sujet était délicat même si je ne comprenais pas vraiment pourquoi. Sans doute à cause des préjugés concernant la frivolité des personnes bi, alors que la tendance à tromper n'était pas une question d'orientation mais de caractère.

Ce fut plongée dans ces considérations que je montai dans la voiture de mon compagnon que mes parents voulaient déjà rencontrer. J'avais mis fin à leurs espoirs en les avertissant que Dylan et moi voulions prendre notre temps. Sinon, ils m'auraient déjà demandé la date du mariage – ils m'avaient fait le coup avec mon ex.

Sur le trajet jusqu'à chez Michaël, Dylan et moi parlâmes de notre camarade. Mon compagnon avait aussi noté son changement de comportement : nous nous mîmes d'accord pour tenter de l'amener à se confier. Dylan prépara d'ailleurs le terrain dès notre arrivée dans son salon.

— J'ai apporté de la Despe' ! annonça mon copain.

Ce garçon avait une drôle de manière d'inciter les gens à parler… Michaël apprécia l'attention, c'était le plus important.

Durant toute la soirée où nous dévorâmes un repas équilibré constitué de kebab et de bière, j'observai Michaël qui semblait aller un peu mieux. Je compris vite pourquoi.

— Clara rentre quand ? demanda Dylan.

— Jamais, répondit Michaël. Je l'ai larguée. C'était une salope.

La surprise me fit recracher ma bière par la bouche et le nez.

Ça brûlait !

— Merde, Donna ! protesta Michaël qui avait reçu des gouttes. Mais qu'est-ce qui te prend ?

Je toussai avant de m'essuyer le visage avec une serviette tout en fusillant Michaël des yeux.

— Ce qui me prend ? Parle pour toi ! Je t'ai jamais entendu insulter personne et là paf ! tu descends ton ex. Tu pouvais plus la saquer mais y'a des limites. T'es pas bien ou quoi ?

Michaël me foudroya du regard. Niveau subtilité, on repasserait. À ma décharge, j'avais deux bières et demie dans le sang, contrairement à Dylan qui n'en avait que la moitié d'une. Il posa une main tempérante sur ma cuisse.

— Parce que j'ai besoin de ta permission pour parler comme je veux ? me demanda Michaël.

J'ouvris la bouche pour répliquer quand mon petit ami me devança :

— On s'inquiète pour toi, confia Dylan à Michaël.

Ce dernier s'apaisa aussitôt. Il ne dit rien pendant plusieurs secondes, se passa la main dans ses courts cheveux blonds avant de s'ouvrir un peu :

— Je suis sur les nerfs depuis quelque temps.

— Ça a un rapport avec le paranormal ? demanda Dylan.

Je fixai Michaël avec insistance. S'il hésitait à répondre, c'était sans doute mauvais signe.

Il hocha enfin la tête pour confirmer notre crainte.

— Tu veux en parler ? m'enquis-je.

— ... Pas maintenant. De toute façon, ça ne servirait à rien.

Dylan et moi ne commentâmes pas. S'il le pensait, en effet, parler ne servirait à rien. Michaël se prit la tête dans les mains et soupira, visiblement fatigué.

— Clara me saoulait, laissa-t-il échapper d'une voix à peine audible. J'aurais dû la larguer avant... Ferme-la...

Dylan et moi échangeâmes un regard sceptique. Il nous parlait à nous ?

Michaël releva la tête. Il était blanc comme un linge.

— Désolé les gars, je suis claqué. Ça vous dérange pas qu'on abrège ?

— Pas du tout, assurai-je. On va t'aider à ranger et...

— C'est pas la peine.

Eh ben, il voulait vraiment qu'on parte. Soucieux de ne pas l'énerver, Dylan et moi préférâmes ne rien tenter et le laissâmes.

Dans la cage d'escalier, je fis part de mon inquiétude à Dylan :

— Tu crois qu'on fait bien de le laisser tout seul ?

— Il sait ce qu'il fait. Il nous appellera s'il a besoin, ne t'inquiète pas trop.

J'approuvai sans conviction. Je ne comprenais pas pourquoi Michaël ne voulait pas nous parler ni à quoi rimait son aparté de tout à l'heure. Lorsque nous arrivâmes près de la voiture sous les assauts d'une brise gelée, je saisis Dylan par la main.

— J'ai un mauvais pressentiment, confiai-je.

— On ne peut pas prévoir les choses. Ça ne sert à rien de s'angoisser.

— J'ai quand même un mauvais pressentiment.

Il me prit dans ses bras sous la lumière des lampadaires. Son souffle contre ma joue froide me parut brûlant.

— Ça caille, me plaignis-je.

Dylan se mit à rire. Après tout, c'était à cause de moi si on s'attardait dans le froid de cette fin mars. Je m'autorisai un sourire avant de monter en voiture. Dylan avait raison : si Michaël avait besoin d'aide, il saurait la trouver.

Mais j'avais vraiment un mauvais pressentiment.

CHAPITRE 3

Nathan – Saint Exorciste
Chevalier de l'ordre de Saint-Jean de Jérusalem

Debout face aux grandes fenêtres en demi-lune de mon appartement, je fumais une cigarette en regardant Toulouse se parer de son habit scintillant de nuit. Tit s'affairait dans tout l'appartement. Il s'était approprié la totalité du logement, permettant ainsi à son pouvoir d'atteindre son entièreté. Les Ombres, ces esprits torturés qui se traînaient sur le sol et les murs en quête d'une âme honnête à dévorer, n'osaient même plus approcher de l'immeuble.

Je me sentais enfin en sécurité chez moi.

– Nathanoï !

Je me tournai. Tit se tenait devant le mur dissimulant ma réserve de livres anciens, d'artefacts magiques et d'accessoires en tous genres.

– Quoi ? demandai-je en m'approchant un peu après avoir écrasé ma cigarette dans un cendrier.

— Ovroï, intima-t-il. J'vaï possière.

— Laisse tomber, je m'en occuperai.

Un torchon sale m'atterrit en pleine figure, avant de s'écraser sur le sol. Les particules de poussière qui encombrèrent mon nez et mes bronches me firent tousser. Maudit domovoï ! Pourquoi il fallait toujours que je me reçoive un truc dans la tête avec lui ?

— Ovroï.

Je toussai encore pour dégager mon système respiratoire avant d'aller lui ouvrir. Je posai mes deux mains sur la paroi qui disparut aussitôt, dévoilant le passage vers ma réserve aux étagères... poussiéreuses.

OK, il était peut-être temps de faire un peu de ménage.

— Spasiboï.

On toqua à ma porte.

— Amuse-toi bien, lançai-je à Tit tout en allant ouvrir.

Les personnes connaissant mon adresse n'étaient pas nombreuses, celles assez folles pour venir à cette heure-ci sans invitation encore moins. Je ne pris pas la peine de regarder par le judas afin de me laisser un peu de suspense. Une fois le vantail ouvert, je regrettai mon choix.

Mon cœur se serra dans ma poitrine face à mon visiteur.

— Euh... Bonsoir, me salua-t-il, visiblement mal à l'aise d'être là. Je... Je te dérange pas ?

J'avais oublié à quel point Michaël était magnifique et à quel point le voir là devant moi me rendait autant heureux que triste.

Si sa voix n'était pas assurée, la mienne l'était encore moins :

– Si.

Ma réponse mensongère assombrit ses traits angéliques. Il n'imaginait pas qu'elle venait de me lacérer de l'intérieur. J'avais tellement eu envie de le revoir que mon seul désir était de l'inviter à rentrer. Mais je devais le tenir loin de moi si je voulais le protéger.

Il fit un pas en arrière, les épaules affaissées. Je remarquai alors son teint aussi maladif que deux semaines auparavant. Ce n'était pas normal.

– Je suis désolé. Je te laisse.

Je le retins par le poignet au moment où il allait partir. Il se retourna et m'offrit une expression aussi surprise que fragile. C'était une mauvaise idée de l'empêcher de partir, je le savais, pourtant la déraison de mes sentiments à fleur de peau ne me laissa pas le loisir de résister à la chance de passer un instant avec lui.

– Tu n'as pas l'air bien.

– Juste un coup de fatigue à cause du boulot, c'est rien, m'assura-t-il.

– Alors pourquoi tu es venu me voir ?

Il me fixa d'un air hébété, comme si ma question le prenait au dépourvu.

– Je...

Il haussa les épaules :

— Je ne sais pas vraiment. Je crois que j'ai besoin d'aide… Je ne vois que toi sur qui compter.

Le peu de bon sens dont j'étais encore doté s'envola à l'entente de cette confession. Je ne pouvais pas le laisser tomber.

— Rentre.

Il ne bougea pas.

— Tu as dit que tu étais occupé, me rappela-t-il.

— Je peux reporter. Viens.

Je tirai doucement sur son poignet. Cela suffit à le sortir de sa torpeur. Il finit par entrer et se déchaussa tout en enlevant son manteau. Mon attention se porta sur ma réserve à nouveau dissimulée derrière son mur protecteur. Et plus de trace de Tit.

Parfait.

— Tu veux boire quelque chose ?

— Je veux bien un café, s'il te plaît.

Pendant que j'attrapais une tasse et que je mettais une dosette de café dans ma machine, Michaël s'installa au bar.

— Tu étais en plein ménage ?

Je me retournai, un regard interrogateur posé sur lui pendant que la cafetière se mettait en marche.

— T'as de la poussière sur ton tee-shirt, précisa Michaël.

Je baissai la tête vers mon torse pour constater les dégâts. Tit ne m'avait pas loupé.

— J'ai déballé de vieux cartons, mentis-je, ne trouvant que cette explication pour justifier la présence d'autant de poussière à cet endroit.

Cela sembla le satisfaire puisqu'il ne rebondit pas. Si Donna connaissait l'existence de Tit, ce n'était pas le cas de Michaël. Moins il en savait sur ma vie, mieux ça valait.

La machine cracha les dernières gouttes de café. Je donnai la tasse à Michaël. Il remua, l'esprit ailleurs. Il semblait avoir des difficultés de concentration. En ajoutant à ça sa mine fiévreuse, ça n'annonçait pas grand-chose de bon. Je restais derrière le bar à le détailler longuement sans qu'il remarque quoi que ce soit. Alors je pris les devants :

– Tu disais avoir besoin d'aide. Pourquoi ?

Il but une longue gorgée de café, avant de faire tourner la tasse entre ses doigts sans oser me regarder en face.

– Quand...

Sa voix était enrouée, il se racla la gorge :

– Quand tu étais sur le parvis de Saint-Sernin, le mec... Adid, je crois, a dit qu'on ne devait pas approcher tant que la porte n'était pas fermée.

– Les démons profitent de ce genre d'ouvertures pour posséder un humain, confirmai-je. Et tu l'as écouté ?

Il joua encore avec sa tasse avant de vider son contenu cul-sec.

Eh merde !

– J'ai attendu mais les Chevaliers sont partis et tu ne bougeais plus. Ce n'était plus qu'une fine crevasse.

Il me suivit des yeux quand je contournai le bar pour le rejoindre.

— Debout, intimai-je.

Il se leva du tabouret par réflexe.

— Tu entends une voix ? demandai-je en l'attirant vers le salon.

Michaël baissa un peu la tête. Lorsqu'il la releva pour me faire face, son sourire profondément malsain me hérissa le poil.

— On se rencontre enfin, Nathan.

Mon bracelet, seul lien du démon scellé en moi avec ce monde, vibra tellement fort qu'il aurait pu m'arracher le bras. Belzébuth, le challenger de l'Enfer, était hors de lui. Je compris vite pourquoi.

À SUIVRE.

REMERCIEMENTS

D'ordinaire, je réserve les remerciements d'une série pour le dernier tome mais pour cette fois, c'est un peu différent car la première version de l'histoire a été publiée sur la plateforme en ligne Wattpad, de mars à avril 2016.

Durant ces deux mois de publication, j'ai eu le plaisir de retrouver des lecteurs déjà connus, mais également d'en rencontrer de nouveaux qui m'ont fait l'honneur de voter pour mon histoire et de la commenter, m'offrant à chaque fois un moment unique de bonheur.

Ici, en plus de remercier Manue, Emilie Milon et Jessy, mes bêtas-lectrices de choc, je vais également remercier Roxane, Justine Patérour (blogueuse à *Lire-une-passion* et autrice), Virginy (blogueuse à *Des livres, des fils et un peu de farine...*), Jessica (blogueuse à *BookandCie*) mais aussi Nostemps, Pastresloin, NatachaMarchand4, Aliciank3, Marianne Blanc, Bloody 2101, Maryline Sjm, _lovely_cupacake_, namimini, louji69, Thebanshee__ et BadHybrid de m'avoir suivie et encouragée dans cette aventure. Votre enthousiasme a été un vrai moteur pour moi !

Merci également à tous les autres lecteurs, que ce soit en numérique ou en papier, de vous être laissés tenter par les aventures de Nathan et Donna !

AUTRES ŒUVRES

IL PLEUVRA SUR LA LANDE
Des proies pour l'ombre 1

Éditions Bookmark : 27 juillet 2022

Au cœur des landes rocheuses dorment des mystères qu'il faut parfois réveiller et White Mist Hall en regorge.

Héritier de vingt-deux ans, Keith est destiné à épouser Elizabeth, sa cousine éloignée, même s'il n'éprouve pour elle qu'un amour fraternel. En la rejoignant au manoir de White Mist Hall, dans les Highlands, le jeune homme pense tirer un trait sur sa liberté et ne se doute pas que l'Écosse, terre de légendes, lui ouvrira les portes d'un univers surnaturel.

De passage secret en carnet ésotérique, Keith devra réévaluer sa conception du monde pour espérer survivre, car le hurlement d'une banshee l'a condamné à mort.

Mais dans cette aventure, il y a bien plus qu'une seule vie en jeu. Les cousins devront se montrer prêts à tous les sacrifices et nouer les alliances les plus surprenantes. Accompagnés de deux vampires mercenaires et d'une ancestrale famille de chasseurs occultes, ils devront combattre les forces dangereuses en action, au risque de devenir eux-mêmes des proies de l'ombre.

Le Dernier Lion d'albâtre

Gulf stream éditeur : 1 septembre 2022

Dans les ruelles sombres de Tyniry, une ombre fugace évolue de toit en toit, aussi furtive qu'un rapace. Ashtiri, une ancienne esclave de 17 ans, est devenue voleuse pour survivre. La meilleure, d'ailleurs. Et sa réputation a franchi les frontières : le roi d'Ofayne la mandate afin d'accomplir une mission décisive. Impuissant devant une armée de démons à la progression implacable, le souverain a l'espoir fou qu'Ashtiri retrouvera le dernier Lion d'albâtre, un mage-guerrier légendaire. Dans cette quête au cœur d'un environnement hostile, les convictions d'Ashtiri vacillent une à une face aux volontés des divinités cosmiques, maîtresses du destin des mortels.

• Une ouverture de la collection Électrogène pour toucher plus de lecteurs.
• Une aventure initiatique dans un univers magique et mystérieux, nourrit de mythologies orientales, explorant des thèmes riches et profonds.
• Une quête épique au rythme captivant, menée par des héroïnes charismatiques.

Imprimé par Amazon.com
Achevé d'imprimer en
Juin 2016
EAN : 9782954242996
Dépôt légal
Juin 2016

www.ingramcontent.com/pod-product-compliance
Lightning Source LLC
Chambersburg PA
CBHW070906180626
46817CB00003B/937

* 9 7 8 2 9 5 4 2 4 2 9 9 6 *